LIEBES-, MORD- & SHOPPINGLUST

Textfabrique51 (Hg.)

LIEBES-, MORD- & SHOPPINGLUST

Geschichten rund um Meldorfer Läden, Lokale & Geschäfte

elbaol verlag hamburg

Impressum

© 2024 bei den Autorinnen und Autoren
Alle Rechte vorbehalten

Rechte für diese Ausgabe:
elbaol verlag hamburg
ellen balsewitsch-oldach
Jungfernstieg 10, 25704 Meldorf
www.elbaol-verlag-hamburg.de

Publikation, Druck, Fertigung und Distribution:
tredition GmbH, Heinz-Beusen-Stieg 5, 22926 Ahrensburg,
Deutschland

im Auftrag des elbaol verlag hamburg und der Autoren
(zu erreichen über den Verlag)

ISBN 978-3-384-42865-3
EUR 10,00

Inhalt

Vorwort · 7

Ellen Balsewitsch-Oldach
Drachenfutter · 124

Dirk-Uwe Becker
Zug durch die Gemeinde … · 9

Karsten Beeck
Ein Kuss stellt die Weichen · 17

Jochen Bufe
Dumm gelaufen · 23

Sigrid Defort-Möhlmeier
Die Teetasse · 26

Lydia Eschermann
Die Reise nach Meldorf · 31

Thorsten Franck
Der Ring · 38

Karin Funke
„Ich warne dich!“ · 44

Sonja Harder
Ungeahnte Möglichkeiten · 48

Kurt E. Heinichen
Liebe kennt keine Grenzen · 52

Imme Helmers
Jahrestreffen · 58

Gerd Jessen
Antonietta   65

Karola Koch
Senioren-Glück   68

Elko Laubeck
Ich mach's dir auf Arkadisch   73

Irmela Mukurarinda
Alles Gute zum Geburtstag …   78

Anneliese Peters
Die hinkende Frau   84

Ute M. Pfeiffer
Beziehungen   88

Franziska Roth
Die Legende von Watabia   94

Frauke Sattler
Wie das Leben so spielt   100

Gesa Schröder
Die Bücher-Saat   107

Heiko Thomsen
Reden ist Silber   114

Ulla Udluft
Das Projekt   119

Über die Autorinnen und Autoren   127

Vorwort

Auch 2024 hat das Literatur- und Kulturnetzwerk Textfabrique51 an den Kulturveranstaltungen zum Meldorfer Mai mitgewirkt. War es im Jahr davor ein Schreibworkshop zu einer Foto-Ausstellung mit Werken von Dirk-Uwe Becker im Pantiquariat des Peter Panter Buchladens und einer Lesung der dort entstandenen Texte, so war es diesmal die Ausschreibung eines Geschichtenwettbewerbs. Das Thema: Liebesgeschichten, Kurzkrimis oder Geschichten über Shopping, sofern sie in einem oder mehreren der Meldorfer Geschäfte spielten.

Mit der erfolgten Resonanz hatten wir „Textfabriquanten" allerdings nicht gerechnet: Über 20 Beiträge kamen zusammen – unmöglich, alle Einsendungen in der „Lesebühne zum Meldorfer Mai" am 14.05.2024 vorzustellen. Da aber genug Texte zusammengekommen waren, haben wir uns entschlossen, eine Anthologie herauszugeben und sie im Dezember 2024 vorzustellen. So konnte die eine Hälfte der Autorinnen und Autoren ihre Texte im Mai vortragen und die zweite Hälfte kann im Dezember auftreten. Besucherinnen und Besucher beider Veranstaltungen, die sich gern an die gelesenen Geschichten und Gedichte erinnern möchten, oder diejenigen, die an einer oder beiden Veranstaltungen nicht teilnehmen konnten, haben jetzt die Gelegenheit, *alle* Beiträge „schwarz auf weiß nach Hause zu tragen".

Auch in diesem Band sind die Beiträge der Autorinnen und Autoren bewusst nicht juriert worden, nur ein behutsames Korrektorat und Lektorat haben sie, wo sinnvoll, erfahren. Ansonsten stehen sie für sich, so wie die Verfasserinnen und Verfasser mit ihnen auf der Bühne gestanden haben oder hätten.

Auf der Lesebühne im Mai wurden übrigens von einer kleinen unabhängigen, spontan aus dem Publikum zusammengestellten Jury die drei an diesem Abend beliebtesten Texte gewählt. Den ersten Platz belegte Lydia Eschermann mit ihrer Geschichte „Die Reise nach Meldorf". Ein spannendes Kopf-an-Kopf-Rennen lieferten sich Sonja Harder mit „Ungeahnte Möglichkeiten" und Franziska Roth mit „Die Legende von Watabia" – und gingen mit gleicher Punktzahl ins Ziel. Arne Warns vom Wirtschafts- und Verkehrsverein Meldorf, der an der Lesung als Zuhörer teilgenommen hatte, stockte den dritten Preis zur Freude der Moderatoren noch auf.

Vorsorglich sei darauf hingewiesen, dass die Handlungen aller Personen (und sogar die meisten Personen selbst) in den Geschichten rein fiktiv sind …

Im November 2024   *Ellen Balsewitsch-Oldach*
                                        Dirk-Uwe Becker

Dirk-Uwe Becker

Zug durch die Gemeinde – oder: Weshalb Tucholski kein Briefträger wurde

Der Zug hatte ihn ausgespuckt wie einen unverdaulichen Rest Hammelfleisch. Er warf ihm einen Kussmund hinterher, dem Lumpensammler, der jetzt von Hamburg-Altona aus zu seiner letzten Fahrt nach Westerland aufgebrochen war und unterwegs alle die Reisenden einsammeln oder in die ungewisse Nacht entlassen musste, die zu dieser Zeit ihre jeweiligen Ziele erreichen wollten. Er hatte kein Ziel. Nicht in dieser Nacht. Alle fünfzig Meter warf eine einsame Bogenlampe ihren gelben Schutzschirm auf das Pflaster des Bahnsteigs. Eine Bank aus geflochtenem Draht, wie man ihn sonst zur Abgrenzung von Eigentumsverhältnissen nutzte, wurde von dem gelblichen Lichtschirm der Schwärze entrissen. Eine braune Nylonstrumpfhose drapierte sich ungeniert um zwei kleine, grüne Jägermeisterfläschchen. Ein flotter Dreier. Hier, ungeniert, am Ende der Welt, auf dem der Düsternis anheim gefallenen Stepwalk des Meldorfer Bahnhofs. Wie passend. Zwei lange schlanke Beine – wenn er die Form der Strumpfhose richtig interpretierte – und zwei kleine Jägermeister. Ist das eigentlich jugendfrei, fragte er sich. Egal. In der Nacht ist alles erlaubt, was keine Farbe ins Spiel bringt. Sein leicht gerötetes Gesicht würde eh niemand sehen. Er war alleine mit sich und seinen Gedanken. Halt! Nicht ganz. Die beiden Jägermeister, die es sich zwischen den schlanken Beinen gemütlich gemacht hatten. Aber die zählten für ihn nicht. Kinder! Durften die abends um diese Uhrzeit eigentlich noch unterwegs sein?

Am Ende des Bahnsteigs befand sich ein eiserner Handlauf. Daran angeschlossen mit einer dicken Kette ein Fahrrad. Da habe ich es besser, dachte er sich. Ich kann mich frei bewegen. Was hast du verbrochen, dass man dich in Ketten legte? Vaterland steht auf dem rostigen Rahmen. Aha. Ein Veloziped mit rechter Gesinnung. Wie die deutsche Sprache doch un- und missverständlich sein kann. Die rechte Gesinnung. Bezieht sich diese auf die politische Einstellung oder darauf, dass man mit beiden Pneus auf dem Bodensatz des Grundgesetzes steht? „Du sagst ja gar nichts!", sagte er zu dem Drahtesel an seiner leeren Futterkrippe. Hatte man schon je einmal von einem Fahrrad mit politischer Gesinnung gehört? Dabei müsste es eigentlich in der Politik, in den Verwaltungen und Rechtskanzleien, genügend eingefleischte Radfahrer geben. Apropos Rechtskanzlei. Dieses Wort ist auch missverständlich bis unscharf. Sie dienen nicht der Manifestation des gutbürgerlichen Gedankengutes am rechten Wegesrand deutscher Geschichte, auch wenn sie sich teilweise deren Duldung und Durchsetzung im Zuge der demografischen Zurechnungsfähigkeit verpflichtet fühlen. Wohlan, ihr Wut- und Gut-Bürger! Lützows verwegene Jagd hat zum Aufbruch sich aufgeblasen. Die beiden kleinen Jägermeister. Der Hirsch über dem geblümten Sofa an der rechten Wand des Herrenzimmers. Die Zeit heilt viele Wunden, nur nicht die Seitensprünge des Volontariats – sei es in der Politik, der Kirche, der Familie oder dem Militaria-Zoo mit Leopard, Jaguar, Marder, Puma und Co.

Ich habe das rechte Fahrrad seinen eigenen Kettenträumen überlassen und gehe nun durch den Fußgängertunnel unter den Bahnschienen hindurch in Richtung Innenstadt. Zwei große, bunte Mandalas säumen meinen Weg. Es sind Kreisornamente, für Menschen, die keinen geraden Weg finden und sich erst ein paar Male um ihre eigene Verortungsachse drehen müssen, um festzustellen, dass sie auf dem falschen Weg sind. Dass sie sozusagen weg sind. Aber ich finde sie schön, diese Mandalas. Sie gefallen mir. Auch wenn ich, wenn die graue Betonwand es mir gestatten würde, diesen esoterischen Kreisverkehr in eine gerade und zugerichtete Einbahnstrasse auseinander ziehen würde. Aber so viel Freiheit ist mir auch in dieser Demograzie nicht gestattet. Das Uhrheber-Recht schützt die Feinmechaniker der Gesetzes-Verräderung. Ich bin da der Kiesel zwischen den Zähnen. Der knirscht und – bricht!

Den Eingang zum Zingel, zur Fußgänger-Straße –

heißt es eigentlich auch Auto-Bürgersteig? – ziert eine moderne Plastik. Der „Meldorfer Schwung“ soll die Innenstadt beleben. Aber bei so viel Statik wird mir schwindelig. Oder liegt es am fehlenden Gegen-Wind? Ich wäre in diesem Fall eher für Plastik-Vermeidung, damit Greta Thunbergs Spiel-Ozean nicht mit gelben Plastikenten überlastet wird. Das sehen auch die Veganer so. Kein Plastik in die Ozeane. Schon gar keine Plastik-Enten! Gelbe sind sowieso politisch inkorrekt. Enten mit heller Farbvariation müsste es heißen, damit die Chinesen uns nicht ihre Omi Kron auf oder in den Hals hetzen. Aber ich gewähre diesem Plastikmüll zu viel Aufmerksamkeit. Interessanter ist die Lichtführung in der Zingelstraße. In quadratisch weiße Einmachgläser eingesperrte Glühwürmchen erleuchten diejenigen, die sich vom Bodensatz des Meldorfer Underground in Richtung Dom-Vergnügen aufmachen. Das grell leuchtende Riesenrad dreht sich nicht mehr. Dafür schwingt jetzt die silbern angelaufene Mondschaukel durch die Nacht-Barschaft. Vom Kettenkarussell – warum muss ich jetzt wieder an das vaterländische Fahrrad denken? – läuten die Martinsglocken den Gläubigen heim ins Reich, dem Himmelreich, meine ich gehört zu haben. Ich selbst bin kein Bußgänger, eher Fußgänger, und das auch nicht aus Überzeugung, sondern der Not gehorchend. Die Tankstellen haben sich im Zuge der Energieoptimierung aus nachwachsenden

Rohstoffen zu lokalen Spielhallen entwickelt. Hoher Einsatz, kleiner Gewinn. Dass man früher einmal Benzin in kleinen Weißblechdosen zum Anzünden einer Zigarette verwendet haben soll. Ammenmärchen. Was sind eigentlich noch mal Zigaretten?

Zwischen Hautarzt und Bernsteinmuseum führt die Zingelstrasse mittenmang gutbürgerlicher Gehgewohnheiten. Am holden Born der Trunksucht und Vergnügsamkeit, zu dieser späten Stunde jenseits der Mitte der Nacht allen Lichtes und aller Gäste beraubt, grenzt eine tierisch gut benamte Buchhandlung mit erlesenen Köstlichkeiten zeilenbreit und papierhadernd ausgewählter Literaturen. Vor dem Eingang ein altes, gelbverblichenes Lastenrad eines Postboten namens Tucholski. Dieser hat seinen altersfaltigen Hintern auf das durchgescheuerte Sitzleder geklemmt und versucht durch seine Brille mit Goldrand die Bruchstaben schräg gegenüber an der Markise zu entziffern: „Peter and his Panter were here – the icecream likes to be fine". Kann ja jeder behaupten, sowohl das erste wie das zweite. Das war wieder ein langer Tag. Er hasst Bücherausfahrten, besonders wenn es sich um interessante Exemplare handelt, die er unterwegs lesen muss. Dann ist er immer zu spät. Wie heute. Schnell in die Pedale treten und den Zingelberg hoch, heim zu Muttern. „Ignatz!", würde seine Frau zu ihm sagen, „hast du etwa wieder alle Bücher beim Austragen gelesen?" Nein, nicht alle, würde er antworten. Nur die guten. Das hat eben gedauert.

Im beschaulichen Innenhof der Buchhandlung, wie man aus Erzählungen durchreisender Wissenschaftler weiß, existiert ein Karzer für unanständig aufmüpfig subversive Elemente, die sich dadurch ungewollt der Digitalisierung in ein neues Zeitalter der Wissenserheiterung entzogen haben. In enger Käfighaltung, ohne Seiten- und Kantenschutz, ohne Mindestabstand und den übergriffigen, ungetesteten und unhyggisierten Händen der Buchwärter ausgeliefert, harren sie ihrer Verurteilung durch adoptionswillige Kleinbürger, deren liebstes Haustier, die Geldkatze, sich weigert, dafür auch nur etwas von ihrem Futter abzutreten. Gerüchten nach soll sich aber doch der eine oder andere Insasse durch äußeres Blendwerk und offenbar freie Rückenansicht einer Zwangsadoption nicht habe entziehen können. Die Glühwurmstelen leiten manche hierher, die das Leid der Insassen rührt und die sich ihrer erbarmen – die Armen!

Die Turmglocke schlägt an. Wer streicht um Dom und Südermarkt? Es gibt keine Nachtwächter und keine Traumwärter. Ein jeder ist in sich selbst Gefangener und Aufseher zugleich. Das Leid des einen gegen die Unbarmherzigkeit des anderen aufzuwiegen wäre sinnlose Mühe. Ich bin auf dem

Jahr-Markt angelangt. Die Karussells haben ihren Betrieb eingestellt. Die Mondschaukel wurde vom Nachtmahr verschluckt. Die Friedensglocke ist auf den Domplatz gestürzt und hat sich den Klöppel verstaucht. Mama Leone steht an der Apotheke und schnieft traurig in ihr Tränensäckchen. So still ist es hier, so still! Vor der Buchhandlung habe ich einen Aufsteller mit Plakathinweis gesehen, für eine Ausstellung expressiver Momentaufnahmen nach den Naturen der Sachen, die sich allgemein rechten Sehgewohnheiten entziehen. Das Titelbild, Deep Blue, eines Dithmarscher Künstlers und Schriftstehlers hat in mir Assoziationen geweckt. Ein Weg, in nächtliches Blau gehüllt, von einem weißen Lichtstreifen geteilt, das Ende eines Pfeils ohne Spitze. Er weist den Weg, aber nicht die Richtung. Wie im richtigen Leben, das einem Kreisverkehr gleicht, in dem man auf der innersten Spur keine Chance hat, zu einer der möglichen Auswegungen zu gelangen. Man bleibt in der Spur und dreht am Rad, solange noch genügend Treibstoff vorhanden ist. Dann folgt der unvermeidliche Absturz. Man wird milde belächelt, von den Wanderschnecken, die an den äußeren Spuren jetzt an einem vorbei ziehen. Ich hätte mir Schneckenkorn einstecken sollen, als ich in die Bahn stieg. Jede Schnecke ein Korn. Besoffen können die mich dann nicht mehr überholen – bestenfalls in Schlangenlinie den Kreisel umnattern. Na denn! Warten wir auf die Rückkehr des Riesenrades am

Horizont. Ich höre in der Ferne schon das Signal. Ein Nebelhorn tutet. Das Schieneneinhorn hat sich auf den Weg gemacht, mich am Ende der Welt, dort, wo die Schienen ineinander laufen, abzuholen. Ich lösche jetzt die Nacht aus meinem Tag.

Karsten Beeck

Ein Kuss stellt die Weichen
Liebesmord und Shoppingfrust

Dass Liebe durch den Magen geht, wusste Paule schon lange – eigentlich schon immer. Sein erster, fast richtiger Kuss bestärkte ihn nur in dieser Erkenntnis. Er war seinerzeit ungefähr 12 Jahre alt, seine Klassenkameradin Monika höchstens 13. Paule war eher noch zu blöd fürs Küssen, Monika war da ein klein wenig weiter – vielleicht frühreif. Das nahm er Jahre später jedenfalls noch an. Monika wollte unbedingt den Lolli probieren – groß, rund und mit Himbeergeschmack, den Paule genüsslich schon für einige Minuten im Mund hatte. Paule wurde ganz aufgeregt, bei dem Gedanken, dass ihre Lippen und Zunge gleich seine Lippen und Zunge berühren würden – nur über den kleinen Umweg eines Lollis. Und die Spucke, das war doch das Wichtigste, die würde sich doch gleich mischen … Er machte den Lolli noch extra spuckig und freute sich schon auf die Rückgabe. Ja, so schön müsste sich ein Kuss doch mindestens anfühlen. Nachdem er ihn wieder zurückbekommen hatte, fühlte er sich großartig und nahm sich unbedingt vor, nun viel mehr und öfter zu küssen.

Leider hat das eine lange Zeit gar nicht mehr geklappt. Er musste fünf Jahre auf den nächsten Kuss warten. Aber dieser erste, ganz richtige Kuss war die totale Katastrophe. Niemand hatte ihn darauf vorbereitet, dass ganz richtige Küsse gar nicht nach Himbeere oder vielleicht Kirsche schmeckten.

Es war Schulfest – tanzen, lachen, flirten und die forsche Helene. Sie steckte ihm bei eigentlich gut passender Situation, dennoch unvermittelt, die Zunge in den Mund und atmete dann auch noch aus. Was war nur mit diesem Mädchen los? War sie krank oder war das sogar schon die beginnende Zersetzung körperlicher Strukturen? Wie konnte ein so ansehnliches Mädchen denn so schlimm nach den schwefeligen Ausdünstungen der Hölle riechen? Wie konnte das denn angehen?

Es brauchte schon locker fünf Jahre bis er dieses Trauma überwinden konnte. Helene, das war ihm inzwischen klar geworden, hatte damals zuvor eine Speise mit reichlich Knoblauch genossen. So attraktiv wie das Aroma beim Essen ist, so schlimm sind die Auswirkungen, wenn der Körper sich erst einmal mit dem Abbau der Inhaltsstoffe beschäftigt hat. Dann wird z.B. Alliin zu Allicin umgewandelt. Die schwefelhaltigen Abbauprodukte wie Allylmercaptan werden über die Lungenbläschen an die Atemluft abgegeben. Wenn einen das so unerwartet trifft, wie Paule damals, dann lässt einen das manchmal schon hilflos zurück.
Das einfachste Mittel ist natürlich, selber Knoblauch zu essen – scheiß was auf die anderen …

Jahre später war Paule zu einem Kochpapst geworden. Mit dem Papsttum hatte er allerdings – sehr zum Leidwesen seiner Eltern – gar nichts am Hut bzw. an der Kochmütze. Seine Eltern verehrten seinerzeit Johannes Paul II sehr. Der war immerhin für eine vergleichsweise lange Zeit (1978 – 2005) Papst. Daher hatte Paule auch seinen Namen.

Johannes Paul II hatte allein schon wegen seiner 26-jährigen Amtszeit einen nicht unerheblichen Einfluss auf seine Zeitgenossen, na ja, wenn diese denn etwas anfällig für spirituelle Irrationalität waren. So dachte zumindest Paule, seine Eltern dachten eben anders. Kochpapst war eben doch nur wenig Papst … Paules Eltern starben früh und haben so den Erfolg ihres Sprösslings nicht in voller Ausprägung miterlebt …

Ein Koch und erst recht ein Koch, der etwas auf sich hält, benötigt selbstverständlich eine hochwertige Ausrüstung. Das ging schon mit einem eigenem Messersatz kurz nach Beginn der Lehre los. Regelmäßig erneuerte und erweiterte er seine Ausrüstung. Gerade hatte er sich eine neue Bratpfanne gekauft. Aufgrund der Diskussion über die Ewigkeits-Chemikalien sollten bei der Ausführung der Antihaftbeschichtung natürlich keine Per- und polyfluorierten Alkylverbindungen (PFAS) zum Einsatz gekommen sein …

Weil Paule häufig auch seine Kocherfahrungen online in kleinen Videoclips ins Netz stellte, sollte die neue Pfanne natürlich auch optisch etwas hermachen. An Kupfer kam er dann nicht mehr vorbei. Er hatte sich für ein sehr ansprechendes Exemplar (Schulte Ufer De Luxe i) entschieden, als er bei seinem Lieblingsladen Warns in Meldorf mal wieder beim Stöbern darauf gestoßen war. Es hatte allerdings auch eine schöne Pfanne von De Buyer zur Auswahl gestanden, aber da war die Problematik mit der Aussprache des Herstellernamens. Es hätte leicht passieren können, dass er in einem seiner Beiträge womöglich mal den Namen des Pfannenherstellers nennen wollte oder müsste – vielleicht würde er ja dann noch ein Influencer werden. Die fand Paule eigentlich völlig beknackt, gerade wenn es um so etwas wie Schminktipps ging. Diese „Blödtussen“, wie Paule sie immer nannte, verkauften doch ihre Seele für die Hoffnung auf Ruhm und Reichtum. So prostituieren wollte Paule sich natürlich nicht, aber – wer weiß, wer weiß – vielleicht spränge ja mal ein neuer Topf oder ein Messersatz durch einen namhaften Hersteller raus.

Mit „De Buyer“ wäre es mit Paule nicht gegangen. Wie hätte er denn den Namen überhaupt aussprechen sollen? Englisch? Französisch? Englisch wäre ja nicht schlimm gewesen, aber bei der Beratung durch das Warns'sche Fachpersonal kam der Eindruck auf, dass es sich um eine französische Aussprache handeln würde. Das war doch eine vergleichbare Beklopptheit wie bei „Worchester“

Sauce. Die sprach man doch eher wie „Wuhster Soße" aus. Beim schön torfigen Whisky von der Insel „Islay" musste man „Eila" sagen, um nicht als völliger Trottel dazustehen. Solche Beispiele gab es viele. Dann eben „Schulte Ufer". Da konnte in dieser Beziehung nichts schief gehen …

Genau diese Pfanne fand Kommissar Hinrichsen einige Wochen später vor, als er zu einem Gewaltverbrechen in Meldorf ermitteln musste. An ihr haftete Blut. Das war von Paule, das war schnell herausgefunden. Der lag allerdings sehr schwer verletzt im Koma und konnte sich deshalb nicht zum Hergang äußern. Am Handgriff wurden allerdings Fingerabdrücke sichergestellt. Die waren nicht von Paule – das war schnell klar. Ein Abgleich mit der Datenbank des BKA erzeugte einen Treffer: Helene Frommer. Ihre Abdrücke waren in die Datenbank gelangt, weil sie wiederholt gewalttätig gegenüber Bekanntschaften geworden war, die sie zum gemeinsamen Kochen eingeladen hatte …

In der Presse wurde der Fall schnell aufgegriffen. Die Schlagzeilen lauteten alle ähnlich:

Die fromme Helene – doch nicht so fromm?
Erbarmungslos schlug sie mit der Pfanne zu!

War das Überleben von Paule möglich? Mord oder gefährliche Körperverletzung? Wo lag das Motiv? Kommissar Hinrichsen hatte einen ungewöhnlichen Fall zu lösen. Ohne die Hilfe der forensischen Psychologin Hildemarie von Schmittsfleck war keine Lösung in Sicht (sie hatte übrigens Psychologie studiert, weil sie als Kind ständig nur gehänselt worden war).

„Hilde, Hilde Schmittsfleck hat einen riesengroßen Schwitzfleck!"

Kinder können ja so gemein sein.

Jochen Bufe

Dumm gelaufen

Wenn jeder ein bisschen höflicher wäre, wäre die Welt gleich ein bisschen besser.

Das hat man für seine Gutmütigkeit. Statt zuhause auf dem Sofa sitze ich hier auf dieser Pritsche. Statt rausgehen zu können wann immer ich will, bin ich gezwungen, zu festgelegten Zeiten mit anderen Häftlingen meine Runden auf dem Hof zu drehen. Statt zu essen was und wann ich will bekomme ich den Fraß, den alle kriegen zu ganz bestimmten Zeiten. Und das alles nur, weil ich ein höflicher aufmerksamer Mensch bin.

Es war vor einigen Monaten, als ich einen langen Spaziergang durch die Wohngegend am anderen Ende der Stadt Meldorf gemacht hatte. Ich brauche die Bewegung an der frischen Luft, mag aber nicht immer die gleichen Wege gehen. Ich fahre zu verschiedenen Punkten in der Umgebung und durchstreife ein bis zwei Stunden lang Felder, Wald und Wohngebiete und genieße die vielen neuen Eindrücke.

Es war ein kalter Februarvormittag. Ich hatte schon den Standplatz meines Autos erreicht und wollte gerade einsteigen. Da hielt neben mir ein Polizeifahrzeug. Der eine Beamte hatte die Scheibe heruntergedreht und fragte mich, ob ich einem Mann begegnet war. „Ja", sagte ich wahrheitsgemäß. Der Fahrer machte den Motor aus und die beiden Beamten stiegen aus. Einer zückte sein Notizbuch. „Was hatte er an? Wo kam er her? Wo ging er hin?" „Arbeitskleidung. Er war mir da hinten im Wendehammer aufgefallen. Ein Kleinlaster hatte gehalten, da stieg er aus, ging zu einem parkenden Wagen und fuhr an mir vorbei Richtung Stadtmitte." „Haben Sie die Autonummer erkannt?" „Ja, das Auto war von hier. Nach dem M kam eine Neun. Und es waren vier Ziffern. Mehr erinnere ich nicht." „Was für ein Auto war es denn?" „Ein dunkelblauer Corsa, glaube ich." Der andere Beamte mischte sich ein. „Was war das für ein Fahrzeug, aus dem er ausgestiegen war?" „Ein Kleintransporter. Hinter sich zog er eine Maschine her. Sah aus wie ein großer Schredder für Äste." „Können Sie das Gesicht des Mannes beschreiben?" „Nicht gut. Ich habe ein schlechtes Gesichter- und Namengedächtnis." „Aber Sie würden ihn wiedererkennen?" „Ich weiß nicht. Vielleicht." Die Beamten nahmen meine Personalien auf und bedankten sich. „Wegen einer Gegenüberstellung kommen wir vielleicht noch einmal auf sie zu." Dann fuhren sie.

Ich wurde Tage später tatsächlich zu einer Gegenüberstellung eingeladen. „Ist das der Mann, den sie gesehen haben?" „Kann sein. Ja, ich glaube, ja." „Gut", sagte der Beamte und sah mich freundlich an. „Aufgrund ihrer Aussage konnten wir den Mann schnell ausfindig machen. Das ist schön. Sie haben uns sehr geholfen. Sie haben den einzigen Zeugen benannt, der gesehen hat, wie Sie aus dem Möbelhaus gekommen waren, wo sie den Eigentümer niedergeschlagen und ausgeraubt hatten."

Gott, war ich blöd.

Sigrid Defort-Möhlmeier

Die Teetasse

„Lass uns auf dem Weg zum Anwalt noch schnell in den Teespeicher gehen.“

„Wozu soll das gut sein?“

„Ich möchte so gerne eine Meldorfer Teetasse haben.“

„Haben die sowieso nicht. Außerdem haben wir Teetassen genug.“

„Schon, aber … nach der Teilung bleibt mir ja nur die Hälfte davon, und es ist keine Meldorfer Teetasse dabei.“

„Darum kannst du dich nach der Scheidung kümmern, für so was hab ich keine Zeit. Du wirst dich sowieso noch wundern, was dir nach der Scheidung überhaupt noch bleibt.“

„Aber der Termin beim Anwalt ist doch erst in einer halben Stunde, also …“

„Genug davon, hör auf mit deinem ewigen Gequengel.“

Als das Paar am Teespeicher vorbei geht, schaut die Frau sehnsuchtsvoll zu den verlockenden Auslagen hinüber.

„Wenigstens am Schaufenster möchte ich stehen bleiben, wenigstens ein wenig träumen.“

„Meine Güte, du bist vielleicht penetrant – na ja, wie immer. Wir gehen jetzt da rein, damit du endlich Ruhe gibst.“

Der Mann öffnet die Eingangstür, geht hindurch

und lässt die Tür zufallen. Die Frau stemmt eine Hand gegen die zufallende Tür, drückt sie ganz auf und betritt ebenfalls den Laden.

„Moin.“

„Moin.“

„Moin – was kann ich für Sie tun?“, fragt der freundlich blickende Herr am Verkaufstresen.

„Ich suche eine Meldorfer Teetasse, also mit ‚Meldorf‘ als Schriftzug drauf oder dem Dom oder so“, sagt die Frau.

Ihr Mann rollt die Augen und äfft sie nach „… mit dem Dom *oder so.*“

„Sehr gerne, kommen Sie bitte hier herüber“, antwortet der Verkäufer, dem die Spannung zwischen den beiden Kunden unangenehm ist, der sie aber professionell ignoriert. Der Gedanke schießt ihm durch den Kopf, dass die Frau erst kürzlich eine solche Tasse bewundert, sie aber nicht erworben hat. Er behält diesen Gedanken für sich.

„Hier haben wir zum Beispiel eine feine Tasse aus chinesischem Knochenporzellan mit einem Bild des Doms. Halten Sie sie mal in der Hand, wie sich die Form anschmiegt.“

Er reicht ihr die Tasse, die schon bei der Berührung ein wohliges Gefühl in der Frau auslöst. Der Zeigefinger passt leicht durch den fein geformten Henkel, der so rund gearbeitet ist, dass ihr vom Rheuma geplagter schmerzempfindlicher Finger entspannt die Tasse halten kann.

„Sie ist wunderschön!“, freut sich die Frau, wendet

sich an ihren Mann und sagt: „Halte du sie auch mal.“

Ihr Mann blickt sie feindselig an und brummt etwas in sich hinein. Schließlich willigt er ein, fühlt sich aber von der kleinen Tasche in seiner rechten Hand gestört. In gewohnter Weise hält er ihr diese Tasche entgegen: „Halt mal.“ Wie gewohnt, ergreift seine Frau die Tasche und seufzt.

„Ja, nicht schlecht“, sagt ihr Mann. „Nimm sie mit, wenn du sie unbedingt haben musst.“

Der Verkäufer schaut zufrieden drein und bemerkt: „Tee trinken ist Meditation. Sie gelingt am besten, wenn die Tasse insgesamt gefällig ist. Es verhält sich ebenso wie beim Weinglas – auch die Form bestimmt das Geschmackserlebnis.“ Er lächelt.

„Das bringt mich auf eine Idee!“, sagt die Frau „Ich habe schon gesehen, Sie haben da drüben hinter der großen Säule Tisch und Stuhl stehen, eine Teekanne steht auch bereit. Dürfen wir die Tasse testen?“

„Sehr gerne, bitte.“, erwidert der Verkäufer und geleitet seine Kundschaft zum Tisch. Der Mann setzt sich unaufgefordert.

Der Verkäufer fragt: „Darf ich Ihnen Teegebäck dazu anbieten? Wir haben gerade heute früh ein ganz neues herein bekommen. Einen Moment bitte, ich bin gleich zurück.“

„Die sind hier immer so nett“, sagt die Frau.

„Quatsch, der will verkaufen. Du bist dermaßen

naiv!"

Die Frau gießt Tee aus der bereit stehenden Kanne in die Tasse. Der Mann führt die Tasse an den Mund.

„Viel zu heiß!", schimpft er.

„Warte doch einen Moment, der kühlt schon noch ab."

Der Mann dreht sich missmutig um und inspiziert die schön präsentierten Auslagen. Die Frau greift mit der freien Hand blitzschnell in ihre Jackentasche und wirft ein kleines Kügelchen in die Teetasse, welches sich sofort auflöst.

„Ach herrje", sagt sie, „ich muss ganz dringend auf die Toilette. Bin gleich zurück!"

Kopfschüttelnd schlürft der Mann vorsichtig den Tee, der aber inzwischen eine annehmbare Temperatur hat. „Nicht übel", denkt er bei sich, während er weiter trinkt, „vielleicht ein wenig bitter."

„Was für ein Tee ist das hier?", fragt er den Verkäufer, der gerade mit einem Tellerchen der angekündigten Kekse angeschwebt kommt.

Die Frau ist mittlerweile auf dem Heimweg. Zuhause angekommen durchsucht sie die kleine Tasche ihres Mannes, die sie immer noch in der linken Hand hält. Schließlich findet sie den Tresorschlüssel. „Bingo", sagt sie zu sich selbst, „alles im grünen Bereich." Dann wählt sie die Nummer ihres Anwalts.

„Entschuldigen Sie, wir können den heutigen Termin leider nicht wahrnehmen – mein Mann fühlt sich unwohl. Können Sie uns bitte einen neuen Termin geben? Ja, vielen Dank, das geht klar.“

Lydia Eschermann

Die Reise nach Meldorf

„Hallo Hendrik, hier ist Oma!"

„Oma! Wie schön von dir zu hören! Wie geht es dir?"

Ich hatte meine Oma lange nicht besucht und eben gerade gedacht, ich müsste sie mal anrufen. Gedankenübertragung.

„Mir geht's gut. Du hast doch jetzt Semesterferien. Hättest du Lust mit mir nach Meldorf zu fahren? Ich möchte so gerne mal wieder nach Meldorf!! Ich dachte so an drei, vier Tage."

Vier Tage Meldorf! Das ist so ungefähr das Letzte, worauf ein Fünfundzwanzigjähriger Lust hat, aber ich mag meine Oma und die Hausarbeit über Lessings Jugendlyrik, die ich in drei Wochen abgeben sollte, langweilte mich zu Tode.

„Du hast doch noch den Golf, Hendrik?"

Meine Oma ist Mitte siebzig und bis vor kurzem noch selbst gefahren, aber sie meint, sie braucht ihr Auto nicht mehr, da ihre Seniorenwohnanlage zentral liegt. Deshalb hat sie mir den Golf verkauft.

Sie ist in Meldorf geboren und aufgewachsen, das wusste ich, mehr nicht. Ich selbst bin nur einmal kurz dort gewesen. Ich wohne in Hamburg, meine Mutter und meine Oma leben in Stade.

„Wir müssen das mit Mama besprechen, vielleicht will sie ja mitkommen."

„Nein, bitte nicht. Ilse hat doch gar keine Zeit und ich möchte gern mit dir allein fahren.“

„Na gut, okay“, sagte ich. Meine Mutter hat wenig Zeit, weil sie viel arbeitet, sie hat mich alleine großgezogen und finanziert einen Teil meines Studiums. Ich hätte sie gern eingeladen, aber wenn meine Oma sich etwas in den Kopf gesetzt hat, kommt man nicht dagegen an.

„Könntest du ein Hotel für uns buchen? Am liebsten das Hotel ‚Zur Linde‘ am Südermarkt. Das kenne ich von früher. Man kann dort sehr gut essen. Wir nehmen das Geld, das du mir für den Golf gegeben hast.“

Ich bestand darauf, die Hälfte selbst bezahlen, aber ich konnte mich nicht durchsetzen.

Drei Tage sind genug, entschied ich und buchte zwei Zimmer für zwei Nächte im „Hotel zur Linde“.

Meine Oma stand schon abholbereit an der Straße und winkte mir fröhlich zu. Sie sah fabelhaft aus in ihrer modischen gelben Winterjacke. Schon vor ein paar Jahren war sie in diese sogenannte Servicewohnung gezogen, „damit ich euch später nicht zur Last falle“, hatte sie gesagt.

Auf der Autofahrt erzählte sie von ihrer Kindheit und Jugend in Meldorf. Während sie sonst manchmal stockend spricht und bei Fragen eine Weile überlegen muss, sprach sie lebhaft und unterhaltsam.

Auf der Fähre von Wischhafen nach Glückstadt

aßen wir schlappe Wiener Würstchen mit fadem Toastbrot.

„So lecker die Wurst! Die habe ich mit Opa immer gegessen. Wir sind oft mit dieser Fähre gefahren. Er arbeitete als Goldschmied in Stade und ich lernte Goldschmiedin in Meldorf."

Nach dem Einchecken im Hotel wollte sie gleich durch das Städtchen laufen.

„Hast du einen Badeanzug mitgebracht? Das Hotel hat einen Pool."

„Oh schade, dass du mir das nicht vorher gesagt hast. Ich kaufe mir einen bei Hartmann."

Sie wusste genau, wo das Bekleidungsgeschäft „Hartmann" war, ein hübscher Laden hinter Arkaden. „Hartmann" hatte keine Badeanzüge und man schickte sie zu „Ernstings Family". Sie sprach die Verkäuferinnen auf Platt an und wurde, o Wunder, verstanden. Die Älteren antworteten sogar auf Platt.

Meine Oma wählte einen Badeanzug mit roten Punkten.

An der Kasse sprach uns ein alter, elegant gekleideter Mann, der uns schon seit einiger Zeit beobachtet hatte, von hinten an.

„Anna Hansen! Willst du schwimmen gehen?"

Meine Oma drehte sich abrupt um: „Thies Olsen!", sagte sie wie aus der Pistole geschossen. Sie gab ihm zu verstehen, dass wir es eilig hatten.

„Ich will meinem Enkel Meldorf zeigen."

„Na, denn man tau!", sagte der Mann.

„Wer war das denn?", wollte ich wissen. „Den kannte ich vor Opa. Komisch, dass mir sein Name gleich einfiel." Mehr war aus ihr nicht herauszubekommen.

„Hier ist die Rosenstraße! Und da! Guck mal! Da bin ich zur Grundschule gegangen.

Oh, Hendrik, ich finde die Straße nicht mehr, wo wir gewohnt haben. Wir wohnten in so einem hohen, schmalen Haus."

„Wenn du mir den Straßennamen sagst, gucke ich auf dem Handy nach."

„Ich komme gerade nicht drauf."

Plötzlich wurde sie müde und hängte sich bei mir ein.

Am Abend aßen wir im Hotel. „Guck nicht auf die Preise, min Jung. Du bist eingeladen."

„Hebbt se ok Kohlroulaad?", fragte sie die Bedienung. „Jo, ganz frisch!"

Die nahmen wir und als Vorspeise Krabbensuppe mit Sahnehäubchen.

Ich bestellte ein Bier und meine Oma ein Viertel Rotwein.

Nach dem zweiten Glas fing sie an zu husten. Schnell holte sie ein Taschentuch aus ihrer Hosentasche, hielt es sich vor den Mund und ebenso schnell stopfte sie es wieder in die Tasche. Aber ich hatte einen roten Fleck auf dem weißen Papiertuch gesehen. Ich erschrak, doch sie sprach so fröhlich weiter, dass ich dachte: ein Rotweinfleck, nichts weiter.

Meine Oma pflegt langsam und zierlich zu essen, aber ihre Kohlroulade verschlang sie mit einer Gier als sei es die letzte ihres Lebens.

Wir gingen früh zu Bett. „Schlaf du man aus, Hendrik. Ich geh vor dem Frühstück schwimmen."

Ich freute mich schon auf das Frühstück.

Am nächsten Morgen klopfte sie um neun an meine Tür, mit feuchten Haaren und roten Bäckchen.

Das Frühstücksbuffet war das reinste Schlaraffenland, ich fräste mich durch Lachs, Schinken und Rühreier, meine Oma aß mehrere Brötchen mit Mett- und Leberwurst.

Plötzlich klingelte ihr Handy. Ich konnte die Stimme meiner Mutter erkennen. Sie klang aufgebracht. Meine Oma sprach ruhig „Ilse, ich habe Hendrik überredet, mit mir nach Meldorf zu fahren und ..." Aufgeregt schallte es durch den Hörer zurück und meine Oma beendete das Gespräch in einiger Entfernung von mir.

Der rote Fleck! Oh Gott!

Mein letztes Stück Schinken lag unberührt auf dem Teller. Als meine Oma mir gegenüber wieder Platz nahm, fand ich sie plötzlich sehr dünn und hohlwangig.

„Warum ist Mama so aufgeregt? Bist du krank, Oma?"

Ihre Augen schauten traurig, aber sie lachte herzlich und sagte: „Mir ging es selten besser als hier mit dir, mein Junge. Mach dir keine Sorgen."

Nach dem Frühstück wollte sie gleich wieder los,

durch Meldorf wandern. Ich wurde langsam unruhig, denn wir hatten ja eigentlich schon alles gesehen.

Ich scrollte durch mein Handy und sah, dass es am Abend ein Stück auf Platt im „Ditmarsia", einem Meldorfer Theater gab. „Wollen wir da hin, Oma?" „Nee, wenn ich anfange zu husten, beschweren sich die Leute."

Nach einer Stärkung mit Heringsbrötchen ging es weiter durch die Gassen.

Vor der „Domgoldschmiede" am Nordermarkt fragte ich: „Hast du hier deine Ausbildung gemacht, Oma?" „Ja, aber es sah alles ganz anders aus."

„Hier werden ‚Gegenstände für die Ewigkeit gefertigt'", las ich auf dem Handy vor und meine Oma zeigte mir den Goldring an ihrem Finger, den ihr Mann geschmiedet hatte. „Für die Ewigkeit". „Wir könnten reingehen und das ‚Löffellarium' besuchen", schlug ich vor, „das ist eine Löffelsammlung aus dem 19.Jahrhundert." „Ach lass uns lieber zurück ins Hotel. Ich lege mich ein bisschen hin." Ich war froh, dass ich mich ebenfalls zurückziehen konnte. Musste mich ja mal informieren, was in der Welt so los war.

Zum Abendessen bestellte meine Oma Ber'n, Bohn'n un Speck, ich nahm das Schnitzel.

Am nächsten Morgen brachen wir nach dem Frühstück auf.

Meine Oma war auf der Fahrt recht schweigsam.

Ich dagegen erzählte lebhaft von meinem Studium, meinen Plänen für die Zukunft und von meiner neuen Freundin.

Vor dem Seniorenheim angekommen, sagte ich: „Das war toll, Oma! Danke! Im Sommer fahren wir an die Nordsee!" Sie nickte eifrig, sagte aber nichts dazu.

Wir umarmten uns ganz fest zum Abschied.

Thorsten Franck

Der Ring

„Weg da!", brüllte eine Männerstimme. Julia hatte gerade die Ladentür ihres Geschäfts aufgemacht, als sie von einem schwarzgekleideten Mann mit einer Sturmhaube auf dem Kopf zur Seite gedrängt wurde.

„Hey, was soll denn das?", rief die junge Geschäftsfrau dem Mann hinterher, der aus der „Domgoldschmiede" gestürmt war und jetzt eilig in Richtung des Südermarktes lief.

„Überfall!", hörte Julia im gleichen Moment die Stimme von Stefan, ihrem Mitarbeiter. „Der Kerl hat mich gerade überfallen!"

Verblüfft sah Julia dem Räuber hinterher. Gerade bog er links ab in die Papenstraße. Ohne lange zu überlegen rannte sie los. Auch wenn ihre besten Zeiten als Leichtathletin bei TuRa Meldorf schon etwas zurücklagen, hatte sie sich doch ihren schnellen Antritt bewahrt.

‚Na warte‘, dachte Julia wütend. ‚Wenn ich dich erwische, kannst du was erleben!‘ Dank ihres regelmäßigen Trainings bei der Kampfsportschule Energy Sports Gym würde sie den Gangster schon überwältigen. Innerlich freute sie sich schon darauf, den Flüchtenden zu stellen und ihm eine gehörige Abreibung zu verpassen. Im Nu hatte sie die Papenstraße erreicht und hetzte hinunter. Doch der Mistkerl war nirgendwo zu entdecken.

Das konnte doch nicht sein. Wo war er hin? Julia verlangsamte das Tempo, um schließlich stehen zu bleiben. Sie sah sich um, konnte den Räuber jedoch nirgendwo entdecken.

„Scheiße!", fluchte sie laut. Das konnte doch nicht wahr sein. Hatte sie jahrelang darauf hingearbeitet, ein eigenes Juweliergeschäft zu übernehmen, die Meisterschule besucht und einen fetten Kredit für die Geschäftseröffnung aufgenommen, nur damit ihr dieser Mistkerl einfach den Laden ausräumte? Nein, das durfte nicht sein. Julia war verzweifelt. War der Typ irgendwo abgebogen? Oder in ein Haus gelaufen? Schnellen Schrittes ging sie zurück in Richtung des Doms. Auf Höhe des Hotels und Restaurants „Zur Linde" blieb sie stehen. Die Seitentür des Lokals stand offen. Sollte der Räuber etwa hier reingelaufen sein, um sich zu verstecken? Zögernd betrat Julia die „Linde", wo sie sich im Gastraum suchend umsah. Aber kein schwarzgekleideter Mann war zu sehen. Lediglich der Kellner trug die typische Berufsbekleidung mit schwarzer Hose und Weste, aber das weiße Hemd passte nicht zu dem Räuber-Outfit.

„Kann ich helfen?", wurde sie angesprochen.

„Ist hier vielleicht gerade ein Mann reingekommen? Vor fünf Minuten vielleicht? Schwarze Hose, schwarzer Hoodie."

„Tut mir leid", bedauerte der Ober. „Hier ist zuletzt vor etwa einer Viertelstunde jemand gekommen. Das waren die Herrschaften dort drüben."

Der Kellner deutete auf eine Familie am Fenster. ‚Mist‘, fluchte Julia innerlich, bedankte sich aber für die Auskunft. Enttäuscht ging sie wieder zurück. Als sie am Hinterausgang angekommen war, fiel ihr Blick durch die offenstehende Tür, die in den Saal des Hauses führte. War da nicht jemand am Ende des großen Raums? Ihre Neugier siegte und sie betrat den Saal. Tatsächlich, da war jemand. Aber gleich darauf machte sich erneut Enttäuschung breit. Das war bloß Jochen, der etwas schüchterne Kumpel ihres Angestellten Stefan.

„Hey, Jochen“, begrüßte sie ihren flüchtigen Bekannten. „Hast du hier vor kurzem jemanden ganz in Schwarz gesehen?“

„Nur mich selbst“, gab Jochen verunsichert zurück und grinste Julia verlegen an. „Wen suchst du denn?“

„So einen Drecksack, der gerade meinen Laden geplündert hat. Boah, ich bin so sauer. Wenn ich den erwische, werde ich ihm so dermaßen die Fresse polieren, dass er eine neue Kauleiste braucht!“. Julia ballte die Faust und führte einen schnellen Schlag auf den Kopf eines imaginären Gegners aus. Jochen musste schlucken. „Dem trete ich so dermaßen in die Weichteile, dass er die nächsten vierzehn Tage nicht mehr aufsteht!“. Mit wutverzerrtem Gesicht trat Julia jetzt in die Luft. Reflexartig hielt sich Jochen die Hände schützend vor den Schritt. Vielleicht war sein Plan doch nicht ganz so gut, wie er gedacht hatte. Schweiß trat ihm auf die Stirn.

„Was ist denn nun, hast du jemand Verdächtigen gesehen?", fragte Julia ungeduldig.

„Nee, nee", stammelte Jochen. „Hier ist niemand außer mir."

Jetzt erst fiel Julia Jochens Ähnlichkeit mit dem Räuber auf. Die Klamotten passten, Jochens Größe auch. Sollte der etwa gerade ihr Geschäft überfallen haben? Ausgerechnet Jochen, der kaum die Zähne auseinander bekam, wenn sie sich trafen? Ihre Augen verengten sich zu Schlitzen als sie Jochen fokussierte. Dessen Kopf lief jetzt rot an.

„Jochen?", fragte sie lauernd.

„Wa-was denn?", stammelte der.

„Warst du vorhin in meinem Laden?"

„J-jaaa", kam es zögerlich.

Zielstrebig ging Julia in Jochens Richtung. Der wich unwillkürlich zurück.

„Ich kann alles erklären!", rief Jochen ängstlich und hob abwehrend die Hände hoch, die er bislang in den Taschen hatte. Dabei fiel ihm ein kleines Kästchen aus der Hosentasche. Als es runterfiel, sprang es auf und ein Ring kullerte Julia direkt vor die Füße. Sie brauchte nicht lange, um zu erkennen, dass es sich um einen Ehering aus ihrem Geschäft handelte. Sogar um ihr Lieblingsstück, einen goldenen Ring mit einem roten Granat, der die Blüte einer eingravierten Rose darstellte. Das war ein Ring, den sie eigenständig hergestellt hatte. Wut stieg in ihr auf. Sie drehte sich blitzschnell um die eigene Achse und mit einem formvollendeten Roundhouse Kick traf sie Jochen an der Schläfe. Der sackte wie vom Blitz getroffen zusammen und fiel in eine gnädige Ohnmacht. Sofort machte sich Julia daran, Jochens Taschen zu durchsuchen. Aber sie fand keine weiteren Beutestücke. Nur einen zusammengefalteten Zettel. Als sie ihn neugierig auseinanderfaltete, klappte ihr vor Schreck die Kinnlade runter. „Quittung" stand in großen Buchstaben darauf. Es war der Beleg über den Kauf eines goldenen Rings mit rotem Granat. Mit dem Firmenstempel und der Unterschrift ihres Angestellten. Verdammter Mist, sie hatte gerade einen Kunden niedergestreckt.

„Ooh", stöhnte Jochen leise, als er wieder zu sich kam. „Was ist passiert?"

„Oje, Jochen. Es tut mir so leid. Ich dachte, du wärst der Räuber", antwortete Julia kleinlaut.

„Na ja, das war ich ja auch", antwortete Jochen, immer noch ziemlich umnebelt. Die Überraschungen für Julia nahmen kein Ende.

„Wie, ich verstehe nicht ..."

„Ich dachte, es wäre eine gute Idee, einen gefakten Überfall auf den Laden durchzuführen. Du solltest mich bis in die ‚Linde' verfolgen. Dort wollte ich auf dich warten. Bei einem Candle Light Dinner wollte ich dir den Ring überreichen. Den hab ich ordnungsgemäß gekauft und bezahlt. Stefan hat mir verraten, dass es dein Lieblingsstück ist."

„Aber wieso?", fragte Julia perplex.

„Na ja", druckste Jochen rum. „Ich fand dich schon immer ziemlich umwerfend. Ich hätte nur nicht gedacht, dass du das so wörtlich nimmst." Stefan rieb sich die Schläfe. „Den Ring hast du ja schon. Wollen wir jetzt zu dem Teil mit dem Essen übergehen?"

„Ja", strahlte Julia begeistert. Eigentlich fand sie Jochen mit seiner unbeholfenen Art ziemlich niedlich.

„Aber versprich mir eins", sagte Jochen. „Erzähl unseren Kindern später nichts von dem Tritt, mit dem du mich bei unserem ersten Date auf die Bretter geschickt hast."

„Oh, ich glaube, das werde ich sogar noch unseren Enkeln erzählen!", sagte Julia lachend und gab Jochen einen Kuss.

Karin Funke

„Ich warne dich!"

Nach vielen Jahren hatten wir uns wiedergetroffen. Zufällig, in einem Café in Meldorf. Peter saß mit alten Schulfreunden am Nachbartisch und redete laut. Ich erkannte ihn an der Stimme eher als an seinem Äußeren, das sich sehr verändert hatte. Es ging um ein bevorstehendes Klassentreffen der mittlerweile Fünfzigjährigen. Die Männer sprachen sehr lebhaft und manchmal durcheinander, aber ich war mir sicher: Der in der blauen Jacke war Peter, ein ehemals guter Freund und Kollege aus Heide.

Ich kam gerade von einem Haut-Check bei meiner Ärztin und brauchte erst mal einen Kaffee, einen guten. Keinen „Coffee to go" und nichts aus dem Automaten wie bei Lidl. Das gemütliche Café Küste war gleich um die Ecke und hatte mal wieder verführerische Torten im Angebot. Noch während ich innerlich mit mir rang, trafen sich unsere Blicke und ich sprach ihn an.

Einerseits war er mir vertraut, aber dann doch wieder nicht. Peter war dünner geworden, das Haar fast weg, das Gesicht anders, faltiger und sorgenvoller. Nachdem seine Freunde gegangen waren, setzte er sich zu mir herüber, und schnell waren wir wieder bei alten Themen und Erinnerungen. Und auch vertraut. Es dauerte nicht lange, da sprach er über seine Frau bzw. Ex-Frau, mit der er noch freundschaftlich verbunden war.

„Ich brauche noch ein Geburtstagsgeschenk für Elfriede", sagte er, „heute noch." Verzweiflung lag in seiner Stimme. „Sie hat doch schon alles!" Ja, ich kannte das Problem. Geld schenken ist tabu. Blumen wecken falsche Erwartungen, Pralinen machen dick. Also was blieb da noch? „Ich hab da eine Idee", sagte ich und schlug vor, ein paar Häuser weiter die Zingelstraße hinauf zu Warns zu gehen. „Das Haushaltsgeschäft hat eine riesige Auswahl an allem!", wusste ich aus Erfahrung. Peter hakte sich bei mir unter – seltsam, dachte ich noch, und wir zogen los.

Er hätte mich warnen sollen. Nein, es ging nicht um Geldausgaben bzw. letztlich doch, aber das war nicht zu ahnen. Peter hatte schon früher davon gesprochen, dass er Parkinson hat. Das war nicht immer zu merken. Manchmal zitterte er, oft schlief er schlecht, erzählte er mir, und von seinen Depressionen. Aber mit Hilfe von Tabletten hätte er das im Griff, – „Alles gut."

Wir betraten den Haushaltsladen und versuchten erst mal, mit einem schweifenden Blick eine Übersicht zu erhalten. Unmöglich, dazu war das Geschäft zu groß und zu verwinkelt. Links vom Eingang waren zwei Tische voll mit Geschirr aufgetürmt. Teller, Schälchen, Henkeltassen in hellbraun und auf dem Nachbartisch in blaugrau. Die Teller waren nicht übereinandergestapelt, sondern hintereinander aufgestellt wie in einer Spülmaschine. Peter stöhnte. Ich deutete das falsch und dachte, er empfand Stress, weil er sich hier bald würde entscheiden müssen.

Ich nahm noch das Prozentzeichen wahr, das auf das Sonderangebot aufmerksam machen sollte, da passierte es. Mit einem lauten Scheppergeräusch krachte so gut wie alles zu Boden. Peter hatte mit einer einzigen Armbewegung fast den ganzen Tisch abgeräumt. War er auf dem glatten Parkettboden ausgerutscht? Hatte er einen Wutanfall? Nein, es war offensichtlich ein epileptischer Anfall.

Völlig gekrümmt lag Peter am Boden, seine Gliedmaßen zuckten unkontrolliert. Ich sah sein verzerrtes Gesicht und viel Spucke am Mund. Ein Aufschrei der Kassiererin schallte durch den großen Laden. Ob sie Angst wegen der kaputten Ware oder um ihren Kunden hatte, wurde nie geklärt. Mir schoss ein Wunschgedanke durch den Kopf: „Lassen Sie mich durch – ich bin Arzt!" – aus dem Munde von Eckart von Hirschhausen. Weg mit dem Gedanken. Es galt zu handeln.

Ich beugte mich über den zuckenden Körper und sprach beruhigend auf Peter ein, der mich wahrscheinlich gar nicht hören konnte. „Ganz ruhig, schön atmen." So was in der Art. Nach vielleicht zwei Minuten beruhigte sich der Körper, und Peter lag auf einmal still da, mit weit aufgerissenen Augen. Ich berührte ihn am Arm und sprach ihn an. Ganz langsam kam er wieder zu sich und fragte mit Blick auf den Scherbenhaufen: „War ich das?“

Die Kassiererin eilte herbei, unfähig etwas zu sagen und im Gefolge auch ein Verkäufer aus dem hinteren Bereich von Warns. Er wirkte sehr gefasst und fragte: „Soll ich einen Krankenwagen rufen?“ „Am besten auch gleich die Polizei, er hat ja hier alles kaputtgemacht“, sagte die Kassiererin etwas kleinlaut. Wahrscheinlich, weil sie selbst merkte, dass das keine Absicht des Kunden war.

Am Abend war alles zusammengekehrt und das Geschirr wieder aufgefüllt, aber das Nachspiel entpuppte sich dann doch als recht kompliziert. Peter hatte keine Haftpflichtversicherung abgeschlossen. Ich konnte den Schaden auch nicht auf mein Kappe nehmen, da es Zeugen gab, die die Falschaussage gegenüber meiner Versicherung sicher nicht unterstützt hätten. Schließlich verhandelten wir mit Peters Krankenkasse und zehn Tage später auch mit dem Inhaber, Herrn Warns persönlich. „Wir betreiben unser Geschäft schon in der vierten Generation“, sagte er. „Wäre doch gelacht, wenn wir das hier nicht hinbekämen. Und wir sind stolz auf die hohe Kundentreue. Dazu möchten wir Sie auch gern zählen.“ Er schrieb einen Gutschein über 30 Euro aus und überreichte ihn uns persönlich, wobei er mehr auf mich als auf Peter schaute. „Kaufen Sie was Schönes: zum Kochen – Essen – Wohnen.“ Der Slogan des Geschäfts.

Sonja Harder

Ungeahnte Möglichkeiten

Ein ungemütlicher Februartag neigt sich dem letzten Drittel zu. Der typische Dithmarscher Wind kriecht mir unter den Mantel, alles ist fad und öde. Den Mantelkragen hochgeschlagen, meinen Blick auf das Kopfsteinpflaster gerichtet, gehe ich ohne festes Ziel durch die Straßen Meldorfs.

Nach einer Weile lande ich in der Gehstraße und stehe vor einer Buchhandlung. Warmes Licht scheint aus dem Innern, ich drücke meine Nase an die Scheibe. Diese Buchhandlung wirkt ganz und gar ungewöhnlich. Ehrlich gesagt, ich kann kaum erkennen, was dort vor sich geht. Mein Blick wendet sich dem Namensschild an der Eingangstür zu und ich lese, dass sie nach einem Pseudonym von Kurt Tucholsky benannt ist. Meine Neugier ist geweckt. Ich drücke die Tür auf und trete über die Schwelle; das Läuten der Türglocke begleitet mich.

Nun befinde ich mich im Innern des Ladens. Aber nicht Jan und Alexander nehmen mich in Empfang, nein, es sind vier Personen, die sich mir freundlich als Kaspar, Peter, Theobald und Ignaz vorstellen. Sie halten sich im Hintergrund und vermitteln mir – ohne Worte – die Gewissheit, sie jederzeit ansprechen zu können. Mir gefällt diese Unaufdringlichkeit.

Meine Schritte lenken mich zu einem Tisch, auf

dem Bücher zu einem kleinen Turm aufgebaut sind. In mir wächst die Lust auf einen Roman, der hundert Jahre zuvor „spielt". Habe ich doch ein Faible für die Roaring Twenties. Ich nehme neugierig das oberste Buch in die Hand; schon das Cover spricht mich an. Ein geheimnisvoller Blick aus dunkel umrahmten Augen unter einem Glockenhut, der Klappentext mit floralen Elementen verziert – ich staune, wie beeinflussbar ich oftmals bin.

Als ich das Buch aufschlage, passiert etwas Erstaunliches. Ich spüre einen starken Sog, die Luft flirrt – ich fühle mich unwirklich, aber mir ist nicht unwohl … und plötzlich befinde ich mich an einem anderen Ort.

Ich sitze auf den steinernen Stufen einer Kirche und ruhe meine müden Füße aus. Es ist nicht der Meldorfer Dom. Die Kirchturmuhr schlägt viele Male und es ist dunkel, trotzdem herrscht reges Treiben auf den Straßen von – in mir ist eine Gewissheit – Berlin. Ich suche in meiner Handtasche nach einem Taschenspiegel, um mein Aussehen zu überprüfen. Plötzlich halte ich die Eintrittskarte zu einer Vernissage in der Hand, auf der das Datum 02.09.1927 steht. Und ich trage Männerhosen und Hosenträger! Schnell werfe ich einen Blick in den inzwischen gefundenen Taschenspiegel und sehe ein weibliches Gesicht, sehr aufwändig zurecht gemacht mit Wasserwelle, dunklem Lippenstift und schwarz umrahmten Augen. Der Begriff

Dandy-Look schießt mir durch den Kopf. Lust, nach Hause zu gehen, verspüre ich nicht. Ein Oldtimer (zumindest für mich, die ich aus den zwanziger Jahren des nächsten Jahrtausends komme) hält mit quietschenden Reifen vor mir. Auch hier wieder die Gewissheit: Diese Leute kenne und mag ich. Ich steige ein und wir fahren schnurstracks zu einer Spelunke, deren Eingang sich versteckt im Souterrain eines heruntergekommenen Gebäudes befindet. Ich gehe die Stufen hinunter, öffne die Tür und laute Musik schlägt mir entgegen. Die Luft ist zum Schneiden dick. Frauen mit Zigarettenspitzen sitzen linkerhand an den Tischen, ein Grammophon dudelt und die ersten Männer machen sich von der rechten Seite auf, Frauen zum Tanz aufzufordern.

Es ist mir nun zu viel – ich sehne mich zurück zum kalten, dörflichen Februartag und verspüre wieder den Sog.

Eine der vier Gestalten heißt mich willkommen in der heutigen Zeit und teilt mir liebevoll mit, dass ich geradewegs aus dem Anfang eines Romans zurückkehre, in den ich aber jederzeit wieder eintauchen kann. Meine Verwirrung weicht wachsender Begeisterung.

Gegenüber im Eiscafé Da Mauro fände eine Feier statt, sagt man mir. Andere haben das Gleiche wie ich erfahren und man träfe sich dort zum Austausch. Die „Panter" geleiten mich hinüber und wir sitzen mit mehreren, mir gut vertrauten Menschen um eine Eistorte. Eine jede, ein jeder mit einem goldenen Löffel in der Hand. Die Person links neben mir berichtet begeistert, dass sie in einem Reiseführer versank und an ihrem Sehnsuchtsort, der Kurischen Nehrung war. Rechts neben mir erzählt jemand von Hufgeklapper und prunkvollen Kleidern; es fallen die Worte: „Es war einmal". Mein Blick wandert zur Eistorte und ich möchte mit meinem goldenen Löffel davon kosten. Im Innern der Torte brodelt ein zerlaufender Karamellkern. Er besteht aus Buchstaben, aus denen sich Worte bilden und eine neue Geschichte entstehen lassen.

Vielleicht eine gemeinsame?

Doch dies ist eine andere Geschichte, die ein anderes Mal geschrieben werden soll …

Kurt E. Heinichen

Liebe kennt keine Grenzen
Eine Meldorfer Liebesgeschichte

Es war einer jener Tage im März, die einen Hauch von Frühling ahnen ließen. Der Dauerregen wurde durch ein Hoch verdrängt.

Paul, ein schlanker Mittvierziger mit ersten grauen Strähnen im Haar, stand vor dem Hotel *Zur Linde*. Es war wie früher, das Hotel mit den zwei Fenstern neben dem Eingang. Er hatte ein Zimmer mit Blick auf den Dom gebucht. Als er das mächtige Bauwerk sah, hatte er das Gefühl: „Ich bin angekommen."

Hier in Meldorf hatte er seine Kindheit verbracht, seine erste Liebe kennengelernt und war nach dem Tod seiner Eltern nach Hamburg gezogen. Jetzt war er zurückgekommen, erst mal als Gast, doch mit dem Wunsch hierzubleiben.

Paul hatte schon bei seiner Ankunft feststellen müssen, es hatte sich einiges verändert. Es waren da Geschäfte, die es zu seiner Jugendzeit noch nicht gab.

Der Sonnenschein verlockte, ein Eiscafé aufzusuchen. Die Zingelstraße sollte sein Ziel sein. Im „Da Mauro" hatte der Wirt voller Optimismus bereits Außengäste eingeplant. Jetzt, zur frühen Mittagszeit, fehlten noch die Kunden.

Paul blieb stehen und blickte durch die Glasscheibe. Auch der Innenraum war noch leer, nur eine junge Frau – wohl die Bedienung-- lehnte am Tresen und schaute auf die Straße. Als sich ihre Blicke trafen, zuckte Paul zusammen. Er glaubte, dass dort Gina, seine Sandkastenliebe, stand. Das konnte nicht sein, denn Ginas Eltern waren vor Jahrzehnten nach Bayern gezogen. Das hatte ihm damals den ersten Liebesschmerz bereitet. Doch dann musste er feststellen, dass es nur eine geringe Ähnlichkeit gab.

Er betrat die Eisdiele. Die junge Frau drehte sich zu ihm und sah ihn an. Paul blickte in zwei blaue Augen, die so klar waren, dass er glaubte, in ihnen zu versinken. „Mich hat der Blitz getroffen!" Mehr konnte er nicht sagen. Sie lachte und schaute hinaus. „Ich höre keinen Donner, wo ist denn das Gewitter?" Jetzt lächelten beide.

Paul setzte sich an einen Tisch nahe der Fenster. Er war der einzige Gast in der Eisdiele. „Sie sind Olga", meinte er zu der Bedienung, ihren Namen hatte er auf dem Schildchen an ihrer Jacke gelesen. Er schaute wieder in ihre blauen Augen. „Und Sie wollten etwas bestellen", antwortete sie. „Ja, wollte ich." Es klang etwas zögerlich. „Einen doppelten Espresso und einen Grappa" – „Bitte", fügte er dann nach. Sie nickte und ging zum Tresen. „Darf ich Sie zu einem Espresso einladen, Olga?" Sie antwortete nicht, kam aber mit zwei Tässchen an den Tisch. „Gehen Sie immer so vor?" Ihre Frage klang etwas spöttisch. Paul schüttelte den Kopf. „Nein, wirklich nicht, aber als ich sie sah ..." Er vollendete den Satz nicht. „Ich möchte Sie kennenlernen", sagte er dann leise. Die junge Frau sah ihn prüfend an. „Wie Sie sehen, heiße ich Olga. Ich komme aus Polen und morgen fahre ich nach Hause."

Paul zuckte zusammen. „Nein, nicht das, ich wollte …" Ja, was wollte er sagen, er wusste es nicht mehr. Dann sah er sie bittend an ."Darf ich Sie heute Abend treffen? Ich möchte mich mit Ihnen unterhalten." – „Bitte", sagte er dann.

Olga blickte ihn nachdenklich an und meinte nach einigen Sekunden: „Ich habe um 18 Uhr Feierabend, ein paar Minuten habe ich Zeit." *Und hoffentlich etwas länger*, dachte Paul. „Treffen wir uns am Dom an der großen Glocke." Sie nickte und bediente neue Gäste.

Paul lief am Abend unruhig in seinem Zimmer umher. Immer wieder schaute er auf die Uhr.

Vor dem Hotel waren einige Tische und Stühle aufgebaut. Das Frühlingswetter und die neue Sommerzeit würden bestimmt Gäste anlocken. Olga kam aus der kleinen Nebenstraße. Sie hatte ihre dunkelblonden Haare zu einem Pferdeschwanz gebunden, der von einer blauen Schleife gehalten wurde. Der hellgraue Hosenanzug betonte ihre Figur. Paul stand bereits bei der Glocke und erwartete sie. „Danke, dass Sie gekommen sind", war seine Begrüßung. Sie lächelte ihn an und fragte nur: „Und jetzt?"

„Wollen wir uns setzen?" Er wies auf die Tische

vor dem Hotel. Sie nickte. „Morgen fahren Sie heim“, begann Paul das Gespräch. „Ja“, antwortete sie, „ich fahre morgen früh.“ Er sah sie erschrocken an, hatte er doch noch mit dem Vormittag gerechnet. „Ich bleibe über Nacht bei Freunden in Berlin. Mein alter Lada braucht einen Tag Ruhe. Dann geht es weiter nach Hause. Und was machen Sie in Meldorf?“, fragte sie dann. „Morgen früh schon“, murmelte Paul. Sollte das das Ende sein? Er räusperte sich. „Ich bin hierher heimgekommen und will mir eine Existenz aufbauen. Und hier habe ich nun Sie kennengelernt“, fügte er hinzu. „Wohnen Sie in der Linde?“ Paul nickte. „Ich habe ein Zimmer mit einem herrlichen Blick auf den Dom.“ Nach einer kurzen Pause meinte er „Möchten Sie den Ausblick einmal genießen?“ Olga lachte. „Ist das die neue Masche?“, fragte sie. „War das nicht früher die Briefmarkensammlung?“ Sie standen vor dem Hotel. Paul nahm sie in die Arme und drückte sie an sich. „Entschuldige, ich habe das wirklich nicht so gemeint.“ Er war in das vertrauliche Du übergegangen. Olga nickte. „Ich glaube es dir!“ Auch sie benutzte nun die vertraute Anrede.

„Möchtest du etwas trinken?“, fragte Paul, als sie an einem Tisch Platz genommen hatten. Olga schüttelte den Kopf. „Nein, lieber nicht, ich will ganz früh fahren.“ „Schade“, meinte Paul, „wir hätten doch noch so viel zu erzählen.“ Als er dabei seine Hand auf ihren Oberschenkel legte, schob sie die Hand zurück. „Bitte nicht“, sagte sie leise. „Wann dann?“, war seine Frage. „Später.“ „Ja, wann denn später?“ Das klang etwas traurig. „Ich komme wieder, ich verspreche es.“

„Ich werde morgen früh am Fenster stehen, vielleicht sehe ich dich. Aber es werden wohl nur die Krähen oder Dohlen da sein, die zum Morgenflug starten.“ Sie lächelte. „Vielleicht sind es auch Tauben?“ Paul zuckte mit den Schultern. „Keine Ahnung, ich kenne mich mit …“ Dann stoppte er und verbesserte sich: „Von gefiederten Tieren verstehe ich nichts.“ Er schaute Olga an, hatte sie gemerkt, in welches Fettnäpfchen er beinahe getreten wäre? Sie zeigte jedoch keine Reaktion.

Paul nahm ihre Hände und drückte sie. „Ich verspreche dir, ich warte hier auf dich. Wir wollen per WhatsApp täglich in Verbindung bleiben. Es klingt kitschig, aber ich habe mein Leben wiederentdeckt und ich habe dich gefunden.“ Olga schwieg einen Moment, dann stand sie auf. „Lass es uns den Abschied nicht so schwer machen. Ich komme wieder, das ist ganz sicher. Ich werde dir jeden Tag einen Morgengruß schicken.“ „Und ich sage dir immer *Gute Nacht*.“ Er nahm sie in die Arme, spürte ihren weichen Körper. Der Blick in ihre Augen ließ ihn in einen tiefen blauen See versinken. Sie küsste ihn. „Bis bald“, flüsterte sie und lief schnell los. Die Tränen konnte sie nicht mehr verbergen. Paul sah ihr minutenlang hinterher, dann betrat er das Hotel.

Paul stand noch lange am Fenster. Langsam kam die Dunkelheit. Es war ein glücklicher Tag. Er hatte in Meldorf seine große Liebe gefunden.

Imme Helmers

Jahrestreffen

Gleich sehe ich Inka und Sylvi wieder! Seitdem ich in Bad Schwartau gestartet bin, sitze ich grinsend am Lenkrad und freue mich auf unser Jahrestreffen in Meldorf. Gedanklich drifte ich zu unserem Abschiedsversprechen beim Abi-Ball. Der Saal leerte sich und wir konnten mal wieder kein Ende finden – demnächst sollten sich unsere Wege trennen. Sylvi brachte es mal wieder auf den Punkt: „Wir treffen uns jedes Jahr am ersten Wochenende im Juni auf dem Parkplatz am Dom!" Mit reichlich Sekt und einigen Tränen war unser Pakt beschlossen.

Hervorragend, nahe am Ristorante Mama Leone ist ein Parkplatz frei. Ich sehe meine Freundinnen fröhlich mir zuwinken und das Abschnallen schaffe ich gerade noch, bevor meine Fahrertür aufgerissen wird: „Schon klar, Babs, wie immer die Letzte!"

Unsere sofortige Begrüßung lässt eine Passantin kopfschüttelnd verharren, sogar ihr kleiner Dackel springt vor Schreck laut kläffend zur Seite. War unsere Kreisbegrüßung mal wieder zu laut? Albern fallen wir uns prustend, zwischendurch nach Luft schnappend, erneut in die Arme. Unsere Heimat hat uns wieder!

Inka schiebt uns in die Richtung Süderstraße. „Ich brauche meine Kugel Eis!" Sylvie: „Schon klar, die alte Naschkatze; auf zu Böthern." Eingehakt schlendern wir, mit der Sonne um die Wette lachend, klönend und zufrieden weiter. Wie immer bestellt Inka für uns mit: „Dreimal eine Kugel Pistazie, bitte." Genießerisch leckend biegen wir bald in die Zingelstraße ab, schauen uns im Vorübergehen die Schaufenster an und setzen uns auf eine Bank vor unserem Rathaus. Dort lieben wir es immer wieder, die vorbeiziehenden Menschen anzuschauen und zu meiner Schande muss ich gestehen, auch ab und an zu lästern. Ich gelobe Besserung!

Mit einem herrlichen Türklingelton, so alt bekannt und vertraut, schreiten wir ein wenig später in unseren Lieblings-Buchladen, Peter Panter. „Moin Mädels! Ist das Jahr schon wieder rum?" „Moin, moin! Richtig geraten, da sind wir wieder", erklingt es einstimmig aus unseren Mündern. Die Atmosphäre, der Geruch, die Bücher und die liebevoll arrangierten Kleinigkeiten sowie der Blick in den einladenden Hof lassen uns sogleich drei Gänge runterschalten. Von mir liebevoll als unsere meditative Auszeit bezeichnet. Stöbernd erkunden wir die Regale und Tische, zeigen uns gegenseitig unsere Schätze, die wir vielleicht auf ihren Platz zurücklegen, überlegend in einer Hand halten oder gleich zum späteren Kauf auf dem Ladentisch ablegen.

„Habt ihr mal auf eure Uhr geschaut? Kaffeezeit!", ertönt Inkas Stimme in die Stille hinein.

Sylvi schaut mich schmunzelnd an, grinsend stimmen wir zu. Der Magen unserer kleinen Naschkatze hat sich scheinbar erneut gemeldet. Wir bezahlen unsere Schätze und bepackt mit vielen schönen Büchern, Heften sowie zauberhaften Mitbringseln verabschieden wir uns.

„Tschüss, es ist immer soooo … schön bei dir, einfach himmlisch!"

Strahlend schließen wir die Ladentür und lauschen dem Klang der Türglocke nach, doch Inka schiebt uns entschlossen nach draußen.

„Halt! Bleib stehen!" Zum Rufer umgewandt, sehen wir eine kleine, kräftige, sehr flinke Person auf uns zu rennen. Laut schimpfend und fluchend verfolgt ihn ein großer, blonder Mann: „Mein Portmonee, halt!" Ein Automatismus setzt sich bei uns augenblicklich in Bewegung.

Wenn wir früher uns irgendetwas nicht zutrauten, machten wir uns gegenseitig Mut mit dem Spruch: „Weil wir stark sind!", hakten uns ein und das Problem wurde augenblicklich winzig klein.

Ein Blick reicht auch jetzt und wir stehen wie ein Bollwerk dem Dieb gegenüber – denken wir. Flink schlägt er oder sie, in der Schnelle nicht zu erkennen, einen Haken an uns vorbei. Sein Verfolger kann den Abstand verringern und an uns vorbeirauschend blickt er verblüfft zu uns rüber. „Das war doch John, unser Schlauberger?", stellt Inka wissend, aber auch fragend fest.

Blitzartig spüre ich Hitze in meinen Kopf strömen.

Peinlich, jetzt werde ich auch noch rot!

Natürlich posaunt Sylvi: „Unsere Babs ist ja immer noch verknallt!" Indessen verdreht unsere Freundin ihre Augen. „Liebe Läster-Schwestern, bitte doch nicht über uns stänkern, nur gemeinsam über andere." Augenzwinkernd schiebt Inka uns beide entschlossen Richtung Café Küste.

Zum Glück ist unser Ziel nur noch einige Schritte entfernt, mittlerweile habe auch ich richtig große Lust auf einen leckeren, heißen Cappuccino. Super, der Platz am Fenster mit dem gemütlich gepolsterten Sofa ist gerade frei geworden. Unsere Jacken legen wir besitzergreifend darauf und schauen uns das leckere Tortensortiment an. Wie immer kann ich mich nicht entscheiden, alle sehen fantastisch aus. Apfeltorte oder doch die mit Schokocreme? Ich bin ich noch am Grübeln, als Inhaberin Antje an unseren Tisch kommt, die wir besonders innig begrüßen – wir kennen uns aus unserer ausgeflippten Partyzeit. Aber anders als wir ist sie zu unserer großen Freude nach Meldorf zurückgekommen. Die Bestellungen meiner Freundinnen waren schnell erledigt und ich entschied mich kurzentschlossen für die Schwarzwälder Kirschtorte, was natürlich mit hämischem Geläster quittiert wurde. Zu Recht, muss ich ehrlicherweise selbstkritisch gestehen.

Inka und Sylvie zücken ihre Handys, um als stolze Mamas ihre neuesten Kinderfotos zu präsentierten. Gewaltig, welche Entwicklungen ihre Mädchen vollzogen haben, fast gleichaltrig und nun schon Schulkinder. Erstaunt bemerke ich während ihrer lebhaften Eltern-Kind-Gespräche, dass ich sehr traurig werde und mein Blick in die Ferne aus dem Fenster schweift. Warum habe ich noch nicht den Mann getroffen, der mich so liebt, wie ich bin, und mich nicht umformen will oder meint, über mich bestimmen zu können? So gerne hätte ich eine kleine Familie. Ich schrecke aus meinen traurigen Gedanken auf. Ist das nicht John, der eben um die Ecke lugte? Augenblicklich lehne ich mich zum Fenster, um besser rausschauen zu können. Da habe ich mich wohl geirrt. Kaum gedacht, sehe ich ihn ganz klar vor mir. Mein Herz beginnt zu stolpern, seine auffällig grünen Augen mit kleinen braunen Lichtpunkten sind mir sofort wieder so vertraut. Ich merke, wie ich von innen heraus zu strahlen beginne. Es stimmt also, ich bin immer noch verliebt!

„Also, Babs, dein Cappuccino ist wahrscheinlich gleich eiskalt, und wenn du John jetzt nicht reinholst, dann mach ich es!" Sylvi wartet meine Antwort nicht ab und sprintet los. John vor sich hinschiebend platziert sie ihn direkt neben mich.

Peinlich und rot werde ich bestimmt auch gleich wieder. Sylvi, wie kannst du nur! Aus meinen Gedanken aufgeschreckt, spüre ich eine sanfte Berührung auf meinen Arm. John schaut mich so zärtlich an „Warum …?". Ich fühle mich wie in Watte gepackt, seine Worte dringen nicht zu mir durch und mein Herz bummert vor lauter Freude. Doch Inkas Worte holen mich ins Café zurück: „Wo bleibt euer Happy End?" John und ich schauen uns an und lachen aus vollsten Herzen befreit auf. Unsere Blicke verfangen sich ineinander und automatisch – wie fremdgesteuert – rücken wir ganz langsam immer näher zusammen, bis wir uns ganz fest in den Armen halten. Ich spüre eine Träne aus meinem Augenwinkel tropfen und höre John sagen – oder war ich es? „Ich liebe dich!" Endlich, jetzt ist mein Herz daheim angekommen!

Gerd Jessen

Antonietta

Dat wär een scheunen Sommerdag: Sünnschien, een beten warm, meist lurig. Se wärn in de Lüttstadt fohrn, een bet bummeln. Los gung dat op den Platz mit dat Kunstwark, seh ut as een Worm mit Löcker un dor de Woterfall för de Göhren. Nu seeten se in dat lütte Koffie bie een grote Stück Tort. As se wedder noh buten kämen, wärn düster Wulken ünnerwegens, dat schien, as ob sick dor wat tosomenbruen de. „Lot uns man liekers noch een bet bummeln", sä sien Fru. So güngen se de Inkoopsstroot wieder hoch und dor, op de rechte Siet vun de Stroot dor wär, wat em een Gresen föhlen de: Een Loden, ok mit Kleedoosch för Mannslüüd.

De Verköpersch harr vör de Döör all ehr Nett ut Klederstänner spunn, Stänner mit Jacken, Büxen, Hemden, T-Shirts und allns blots för Mannslüüd. De Döör vun den Loden stunn sparrangelwiet open, nüms wär binnen to sehn, wat een Wunner, bie düsse lurige Luft. He ohnt, wat nu glieks passeren ward und wat he afsluut nich affkann: *Anproberen.* He vesöökt noch een bet mehr op de anner Sied to komen, aver sien Fru treckt em to de Stänner hen und drückt em een Büx in de Hand, he will se noch gau torüchhangen, aver to laat. Denn dor kümmt se all rutschooten ut de Düsternis vun ehrn Loden, swattet Hoor, glöhnige swatte Ogen, bloodrode Lippen, nimmt em de Büx af, wiest em de Weeg in ehrn Loden und eh he sick besinnen kann, hett se em all in ehrn Kokon inspunnen, een Meter fófftig in Quodroht, Spegel, Kleederhokens und een Hocker, dichtmookt mit een Vörhang.

Kopplosigkeit kümmt över em, he hett Sweetperlen op de Stirn, wie schall he hier wedder rutkamen? Um Hölp ropen hett keen Zweck, keen anner Kunnen in den Loden und wo is bloß sien Fru afbleben? Dat nützt nix, he mutt de Büx antrecken. Wat schall dat, sien grau kareerte Büx is doch noch schmuck und nu de hier: „Cargohose, beige" steiht op dat Etikett, mit Taschen an de Sieden vun de Been. Egol, he mutt se wohl anproberen. As he fertig is, ritt he de Vörhang op.

Dor steiht se wedder vör em, mit ehrn glöhnige swatte Ogen und drückt em een oranges T-Shirt in de Hand un as ut een Nebel hört he noch: „ ...würde perfekt dazu passen ..." und denn mookt se de Vörhang wedder to.

Wat nu, mach se sien Hawaiihemd vun den letzten Mallorca-Urlaub nich lieden? He kiekt mit glosige Ogen in den Speegel, Sweet löpt em dool, mit zittrige Hannen mookt he de Knöp vun sien Hemd op und treckt dat Shirt över. Nu mutt se em aver rutloten, he ritt de Vörhang op und dor steiht se vör em, grient, he kann de witten Teen mang de bloodroden Lippen sehn und mit de Wöör: „Ganz neu in unserem Sortiment!," höllt se em een poor Schoh hen und mookt de Vörhang wedder to.

He kann dat nich begriepen, he hett doch de scheunen bruunen Sandohlen mit de witten Tennissocken an. Sind de Schoh de letzte Rettung hier ruttokomen? Em ward swinnelig, he mutt sick hensetten und treckt de Schoh an, meist de gliecke Farf as de Büx und ritt de Vörhang op. Nüms dor, de Wech is frie, gau torüch, Vörhang dicht un de ohle Plünnen an un denn nix wie rut.

He suust an sien Fru vörbie, de an de Kass steiht, hört noch, wie se seggt „Die drei Teile und mit Karte bitte", und denn is he buten und holt deep Luft.

De Sünn schient, keen Gewitter, een frischen Wind, lachende Lüüd op de Stroot. Hett he bloß dräumt? Viellicht hebben se dor op de Bank seten un he is kott indruseld und har düssen Albdroom.

Dor käm all sien Fru mit een grote Tasch, de se em mit de Wöör: „Wat för een schmucke un flietige Verköpersch, Antonietta stun op ehrn Noomschild, se stammt wohl nich ut Dithmarschen", in de Hand drückt. Un denn hölt se em mit een Lachen een Koort ünner de Näs. „Und dat hier is dien Kunnenkoort, teihn Prozent Rabatt för jeden föfften Inkoop."

Doch keen Droom, he föhl sick nich goot un wuss nich, wat he nu seggen schull ...

Karola Koch

Senioren-Glück

Uwe stand dicht hinter den Ständern mit Postkarten, die vor dem Eingang zur Meldorfer Bücherstube aufgestellt waren. Er schaute angespannt in das Schaufenster, in dem eine bunte Mischung von Ratgebern präsentiert war. Dabei interessierte sich Uwe nicht im Geringsten für die „Einkochtipps" von Dr. Oetker oder das „Große Marmeladenbuch". Uwe konnte von diesem Standpunkt aus am besten beobachten, was sich auf dem Wochenmarkt vor dem Dom tat, ohne selbst gesehen zu werden.

Zum Glück schien heute die Sonne, letzten Freitag stand er im Dithmarscher Nieselregen. Die Kapuze hatte er über den Kopf gezogen, so dass der trocken blieb, aber die Brille war ständig von feinen Tröpfchen überzogen.

Es war Kerstin, die er beobachtete, mittlerweile die vierte Woche hintereinander.

Uwe kannte Kerstin mittlerweile seit über zwanzig Jahren. Er war erstaunt, als er ihr Bild auf *Senioren-Glück*, der neuen Online-Partnerbörse für Senioren mit Niveau gesehen hatte. Dieses Jahr war Kerstin in Pension gegangen. Wenn Uwe es nicht gewusst hätte, er hätte nicht geglaubt, dass Kerstin schon die Pensionsgrenze erreicht hatte. Er hätte sie vom Aussehen auf höchstens Mitte fünfzig geschätzt. Eine attraktive Frau wie sie, was machte die auf einer Partnerbörse? Das hatte Kerstin doch wirklich nicht nötig. Gut, sie war seit zwei Jahren Witwe, ihr Peter war nur wenige Monate nach Uwes Beate gestorben.

Jetzt kam von der gegenüberliegenden Marktseite Kerstin. Sie hatte eine sommerliche, knöchellange Hose an, die ihre schlanken Fesseln betonte. Dazu ein blau-weiß geringeltes Shirt. Ihre blonden Haare Haare hatte sie hochgesteckt, aber ein paar Locken hatten sich gelöst und fielen ihr locker ins Gesicht. Sie pustete sie immer wieder zur Seite. Uwe lächelte bei dem Anblick.

„Guten Morgen, Herr Hellwinkel!" Uwe zuckte zusammen. Einige ehemalige Schüler hatten ihn entdeckt und lautstark begrüßt. Er lächelte. Es war doch immer wieder schön, wie sie sich freuten, einen wiederzusehen. Dann hatte man als Lehrer nicht so viel falsch gemacht. Er nickte ihnen zu.

Zum Glück hatte Kerstin nichts davon gemerkt. Sie stand jetzt am Gemüsestand und kaufte ein.

Uwe hatte erst überlegt, ob er sie über *Senioren-Glück* anschreiben sollte. Aber vielleicht wäre es ihr unangenehm, wenn er wüsste, dass sie auf diese Weise einen neuen Partner suchte. Außerdem musste Kerstin ja nicht wissen, dass er sich ohne Beate doch recht einsam fühlte. Er war schon früher ein ganz kleines bisschen in sie verliebt gewesen, und wer weiß, wenn seine Beate nicht gewesen wäre?

Also beobachtete er jetzt seit vier Wochen Kerstin, wenn sie freitags zum Wochenmarkt auf dem Domplatz ging. Dabei überlegte er jedes Mal aufs Neue, wie er sie am besten ansprechen könnte.
Uwe betrachtete sich kritisch im Schaufenster. Schlecht sah er nicht aus. Er war groß und immer noch recht schlank. Gut, die Haare wuchsen nur noch am Kinn, aber das hatten viele junge Männer mittlerweile zur Mode werden lassen.
„Guten Morgen, Herr Hellwinkel!" Wieder ertönte ein fröhlicher Gruß in seiner Nähe. Eine junge Mutter mit Kinderwagen. Mussten die jungen Leute immer so brüllen, er war zwar siebzig, aber deshalb doch nicht gleich taub.
Hatte Kerstin etwas gehört? Ihr Blick ging suchend in Richtung Bücherstube. Schnell duckte sich Uwe hinter dem Postkartenständer, als schaute er sich die ganz unten steckenden Karten an.
„Moin, Herr Hellwinkel. Suchen Sie Ansichtskarten von Meldorf?" Doris Blender, die nette Buchhändlerin, war herausgetreten und schaute erstaunt auf den vor ihr hockenden Uwe.
„Nein, nein." Uwe erhob sich rasch, checkte mit einem Blick die Situation auf dem Marktplatz, wo Kerstin jetzt bei dem Blumenverkäufer stand, und lächelte. „Ich habe mich wohl verguckt. Ich dachte – ähm – ich hätte – ähm – ", verdammt so schnell fiel ihm keine vernünftige Ausrede ein.
„Na dann, ich hätte Ihnen sonst gern geholfen. Aber Sie wissen ja, wo Sie mich finden." Doris

Blender rückte noch schnell einen Ständer mit Lesezeichen zurecht und ging dann zurück in den Laden.

Uwe atmete tief durch. Glück gehabt. Aber wo war Kerstin? Sie konnte doch nicht schon fertig sein mit ihren Einkäufen. Doch nicht ausgerechnet heute, wo Uwe sich vorgenommen hatte, sie endlich anzusprechen und auf einen Kaffee einzuladen. Mittlerweile stand Uwe auf den Zehenspitzen und reckte seinen Hals, um den Marktplatz besser überblicken zu können. Aber er konnte Kerstin nirgends entdecken.

„Moin, Uwe, suchst du jemanden?" Uwe drehte sich erschrocken um. Hinter ihm stand Kerstin. Mit offenem Mund starrte er sie an. Wo kam sie so plötzlich her?

„Du kommst auch regelmäßig am Freitag zum Markt, stimmt's? Oder kaufst du jeden Freitag Bücher?" Kerstin schaute ins Schaufenster der Bücherstube. „Dass du dich für Haushaltsratgeber interessierst, hätte ich allerdings nicht vermutet."

Uwe schluckte. Ihm fehlten die Worte. Kerstin stand vor ihm und lächelte abwartend. Eine weitere Haarsträhne hatte sich gelöst und Uwe hatte das Bedürfnis sie ihr aus dem Gesicht zu streichen.

„Nein, Haushaltsliteratur ist nicht so mein Ding", setzte er an. „Hallo Kerstin! Ähm – wollen wir nicht – ähm – ", verdammt, es konnte doch nicht so schwer sein, sie einzuladen. Er war schließlich kein pickeliger Teenager mehr, der seinen großen

Schwarm trifft, sondern pensionierter Oberstudienrat, „ – zusammen – ähm – ich meine, Kaffee trinken?“

„Gern doch. Das ist eine schöne Idee. Ich gehe immer nach meinem Markt-Einkauf noch auf einen Kaffee ins Dom-Café.“

Uwe nickte, das wusste er ja.

„Ich freue mich so, dich zu treffen. Ich wollte dich immer schon mal anschreiben, seit ich dein Profil auf *Senioren-Glück* gesehen habe. Aber ich dachte, vielleicht ist es ihm unangenehm, dass ich weiß, dass auch er über *Senioren-Glück* einen neuen Partner sucht. Und da ich dich seit einigen Wochen jeden Freitag hier auf dem Marktplatz sehe, dachte ich, vielleicht sprichst du ihn mal direkt an.“

Damit hatte Uwe nicht gerechnet. Vor Schreck stolperte er über den Fuß des Postkartenständers. Er konnte sich gerade noch an ihm festhalten, bevor er oder der Ständer zu Boden gegangen wären. Bei dieser – fast schon akrobatisch anmutenden – Aktion, fiel eine Postkarte auf den Boden. Auf der stand in schönstem Himmelblau gedruckt: *Man muss mit allem rechnen – auch mit dem Schönen!*

Elko Laubeck

Ich mach's dir auf Arkadisch

Das gibt es nicht! Ich bin mir hundertprozentig sicher, dass es an dieser Stelle war, wo ich am Vorabend einer seltsamen Frauengestalt begegnet bin. Sie hatte lange, leicht gewellte dunkle Haare und ebenso dunkle Augen. Sie lehnte aus einem Fenster und raunte mir zu: „Ich mach's dir auf Arkadisch." Anstatt auf das Angebot einzugehen, lief ich jedoch weiter meiner Wege. Erst als ich zu Hause war, bemerkte ich, dass ich einen großen Fehler gemacht hatte. Ich mach's dir auf Arkadisch. Was hatte das zu bedeuten? Was hatte die Frau damit gemeint? Sie trug ein Kleid aus dunkelroter spitzendurchwirkter Seide und verströmte einen betörenden Duft. Ich musste sie wiedersehen.

Aber das Haus ist weg, als ich den Ort erreiche. An der Stelle befindet sich plötzlich ein anderes Gebäude, ein kleines Haus, das den Eindruck erweckt, als stünde es seit Ewigkeiten an dieser Stelle. Die Dekoration der Schaufenster lässt erahnen, dass sich hier eine Buchhandlung befindet, untrüglich, eine Tafel mit Öffnungszeiten hängt in der Tür. Über den Schaufenstern verraten große Buchstaben den Namen des Büchergeschäftes. Allein, von einer geheimnisvollen Frau, die mir einen Zauberspruch zuflüsterte, fehlt jede Spur. Ich mach's dir auf Arkadisch.

Sollte ich eine Sinnestäuschung gehabt haben? Ich zweifele einen Moment an der Normalität meiner kognitiven Fähigkeiten und schlage mit der Faust gegen die Ziegelsteine am Rand der Fassade, als ob ich damit den Zustand des Vorabends zurückholen könnte. Aber es ist umso schmerzhafter. Die Ziegelsteine sind hart und meine Hand läuft rötlich an. Der Schlag gegen die Mauer zwiebelt und macht unmissverständlich ihre steinerne, unnachgiebige Realität spürbar.

Ich fühle mich beobachtet und drehe mich kurz um. Die Tische und Stühle vor dem Eiscafé gegenüber sind von mehreren Menschengruppen bevölkert. Aber da sitzt niemand, der sich für mich interessierte. Ein flüchtiger Blick nur von einem Mann, der sich aber sofort wieder seinem Waldbeer-Becher zuwendet. Vereinzelt laufen Passanten die Zingelstraße hinauf oder hinunter, einige grüßen mit einem verbindlichen „Moin". Alles scheint normal zu sein, unauffällig. Nichts deutet darauf hin, dass hier am Vorabend, zugegebenermaßen zur vorgerückten Stunde, es war schon dunkel, ein anderes Haus gestanden haben musste. Ein Fenster war geöffnet, darin lehnte eine aufreizende, unwiderstehlich parfümierte Frau und sagte: „Ich mach's dir auf Arkadisch." Jetzt sehe ich niemanden, der mir erklären könnte, was das zu bedeuten hatte. Ich kann nur vermuten, dass sich dahinter eine erotische Verheißung ungeahnter Ausschweifung verbarg.

Ich betrete dennoch die Buchhandlung und finde mich in einem Raum, dessen Wände mit Bücherregalen vollgestellt sind, dazu diverse Aufsteller, ebenfalls voller Literatur. Der Händler sitzt hinter dem Verkaufstresen und ist in einen Roman vertieft. Vielleicht sind es aber auch nur die Zahlenkolonnen der Aufstellung von Einnahmen und Ausgaben, Buchführung mithin, wie sie auch einem Geschäft, das Bücher führt, nicht erspart bleibt.

Erst als er zu mir aufblickt, spreche ich ihn an. „Entschuldigen Sie, ich suche eine dunkelhaarige Frau. Sie hat gestern Abend hier an dieser Stelle aus dem Fenster geschaut."

Der Mann neigte den Kopf zur Seite. „Das ist ein Buchladen. Und das war schon gestern Abend ein Buchladen. Und ab achtzehn Uhr haben wir geschlossen. Was danach passiert, entgeht unserer Kenntnis."

Bemerkte der Buchhändler meine Unsicherheit, nahm er vielleicht sogar bei mir Ansätze geistiger Verwirrtheit wahr? Das Einfachste wäre es, nach einem Buch zu fragen, um mir die Peinlichkeit der Situation zu ersparen. Wortlos schaue ich mich um. Rücken an Rücken sehe ich hier Literatur in die Regale geduckt, Geschichte und Geschichten, Verbrechen oder die Erfüllung tiefer Sehnsüchte, Schicksale am Rande des Denkbaren, Reiseführer in entlegene Winkel, Ratgeber für jegliche Lebenssituationen.

„Sehen Sie sich nur um", räuspert sich der Buchhändler. „Das ist eine andere Wirklichkeit, eine Welt aus bedrucktem Papier – Buchstaben, Wörter. Aber die Geschichten sind da, auch wenn sie gerade nicht gelesen werden. Sie sind allgegenwärtig." Er blickt mir kurz in die Augen, als ich ihn anschaue, als würde er Verständnis für mich aufbringen.

Dann schreitet plötzlich eine junge Frau, die wie aus dem Nichts auftaucht, auf mich zu. Aber sie ist nicht die Frau, die sich am Vorabend weit aus dem Fenster gelehnt hatte. Vermutlich ist sie eine weitere Buchverkäuferin, die aus einem der hinteren Räume, vielleicht von der Toilettenpause, zurückgekehrt ist, versuche ich mich einer gewissen nüchternen Realität zu bemächtigen, obgleich es eigentlich keinen Platz gibt für weitere Räume. Trotzdem geht mir immerzu nur mein Versagen vom Vorabend durch den Kopf. Wenn ich auf das Angebot eingegangen wäre, wüsste ich jetzt, was es bedeutete, es einem auf Arkadisch zu machen.

„Suchen Sie etwas Bestimmtes?", spricht mich die junge Frau unvermittelt mit warmer Stimme an. Eine gewisse Ähnlichkeit mit der Erscheinung vom Vorabend ist nicht von der Hand zu weisen.

Ich suche nach einem Haus, das hier am Vorabend gewesen ist, mit einer dunkelhaarigen, wohlriechenden Schönheit, die sich aus einem Fenster lehnte. Aber ich sage nichts.

Die Verkäuferin schreitet an mir vorbei, greift

nach einem Band aus den Auslagen und reicht ihn
mir, so dass mir nichts anderes übrigbleibt, als das
Büchlein in die Hand zu nehmen. Ich halte ihre
bestimmende Art für aufdringlich, denn ich habe
nicht nach einer konkreten Lektüre gefragt, auch
nicht vage. Der Band, den ich nun in Händen halte, heißt überraschenderweise „Das verschwunde-
ne Haus von Meldorf".
Ich verlasse hastig den Buchladen und nehme auf
einer der Sitzbänke vor dem altehrwürdigen Rathaus Platz. Die Lektüre kommt mir seltsam vertraut vor. In dem Buch ist von einer dunkelhaarigen Schönen die Rede, die sich leicht anzüglich
gekleidet aus einem Fenster lehnt und einem zufällig des Weges ziehenden Passanten zuraunt,
„Ich mach's dir auf Arkadisch." Allein, wie das gehen soll, wird offengelassen. Der Passant zieht un-
geachtet dessen weiter und kehrt erst am nächsten
Tag zu dem Haus zurück, als es zu spät ist. Es ist
verschwunden. Alles ist rätselhaft. Auf der Suche
nach einer Auflösung gerate ich in eine Endlos-
schleife, aus der es kein Entkommen gibt.

Irmela Mukurarinda

Alles Gute zum Geburtstag …

„Frühstück, Jochen, Frühstück ist fertig." Ute stand am Tisch, die Teekanne in der Hand – gießbereit. „Jochen? Ist was mit dir?"

Langsam öffnete sich die Tür. „Selbst wenn etwas mit mir wäre, du würdest es nicht merken", krächzte Jochen und ließ sich schwerfällig auf den gepolsterten Stuhl fallen.

„Hier, zwei Krümel brauner Kandis, genau abgewogen, und jetzt darf ich eingießen, oder? Und warum flüsterst du eigentlich? Hast du dich beim Schnarchen heute Nacht verausgabt?"

„Ich und geschnarcht? Kein Auge habe ich heute Nacht zugemacht. Immer dieses Ziehen und Stechen im Oberbauch. Du wirst sehen, das sind Anzeichen für einen Herzinfarkt. Gestern Abend in der Gesundheitssendung, da haben die Experten genau über diese Symptome gesprochen. Und zweimal musste ich heut' Nacht aufs Klo. So beginnt Prostatakrebs, sagen die im Fernsehn. Nur du willst das nicht kapieren." Tief seufzend stützte er die Arme auf. „Wie soll ich bei meiner labilen Konstitution nur die Chemo überstehen. Aber dich interessiert das ja nicht. Außerdem, wie oft habe ich dir schon gesagt, dass du mir *warmes* Wasser für die Tabletten ans Bett stellen sollst. Jetzt habe ich schon wieder eine Erkältung. Ehe das chronisch wird, musst du mich sofort zu Dr.

Andresen oder am besten gleich nach Heide zum Westküstenklinikum fahren. Von Meldorf aus ist es doch ein Katzensprung.“

Ute hatte schon lange nicht mehr hingehört. Sie kannte das morgendliche Gebrabbel von Jochen. Bloß nicht unterbrechen, sonst ging alles von vorn los.

Jochen aß langsam kauend eine Scheibe getoastetes Toastbrot mit laktosefreier Butter. Missmutig schaute er, wie Ute vom üppig belegen Vollkornbrot abbiss, genüsslich kaute und sich bereits zum zweiten Mal Kaffee eingoss. Wie der duftete.

„Kannst du nicht wenigstens morgens auf mich Rücksicht nehmen und auf Kaffee verzichten? Schon bei diesem Geruch wird mir übel. Denkst du etwa, es macht mir Spaß, diesen Gesundheitstee zu trinken? Gib mir bitte die Tabletten herüber.“

„Eins, zwei, drei vier, fünf“, zählte Jochen langsam beim Schlucken mit. „Du hast vergessen zu krächzen“, unkte Ute und nahm sich lächelnd die dritte Tasse Kaffee. „So, ich muss jetzt rüber ins Büro, drüben warten die Toten.“

„Wenn du so weitermachst, bin ich auch bald tot,“ rief Jochen ihr erbost hinterher. „Und wie soll ich jetzt zum Arzt oder in die Klinik kommen? Es gibt in Meldorf kaum noch Fachärzte.“

„Laufen; laufen ist sehr gesund, hilft gegen drohenden Herzinfarkt …“ Und dann wurde es ganz still im Haus.

Ute ging nur die paar Schritte über den Hof hinüber ins Büro. „Meldofer Bestattungen" stand auf dem großen Schild.

Seit drei Jahren hatte sich Jochen aus dem gemeinsamen Geschäft mit seinem Bruder Lorenz zurückgezogen, war nur noch stiller Teilhaber, spielte krank und sie, Ute, machte die Buchführung. Eigentlich brauchen wir dringend Verstärkung, dachte sie. „Guten Morgen, mein Liebling", begrüßte Lorenz sie und versuchte, sie an sich zu ziehen.

„Lass das, mein Schatz, die anderen sollen doch das mit uns nicht mitkriegen." „Wir sind allein. Rolf und Urte machen die Johannsen-Beerdigung und unser Lehrling Ole, na, der mit seiner Heavy-Metal-Musik, der hört doch nix."

„Dann nimm mich in den Arm und küss mich. Aber sprich nicht das Wort *Krankheiten* aus, sonst geh ich die Wände hoch. Weißt du, irgendwann ist Jochen unser nächster Toter, weil mir das Küchenmesser ausrutscht."

„Aber vielleicht ist er wirklich krank. So viele Leiden und Schmerzen kann man sich doch gar nicht ausdenken." „Er schon", lachte Ute und setzte sich an ihren Computer. „Vielleicht kann ich ihn zu einer Kur überreden, dann haben andere Leute die täglichen Scherereien mit ihm und wir beide …", sie seufzte, „… ich würde gern mal wieder neben dir im Bett aufwachen."

„Jaaa", lächelte Lorenz ein wenig verträumt,

schaute durch die große Glastür in den Schauraum, wo Särge und die unterschiedlichsten Urnen für jeden Geschmack standen. „Ja, bleibt nur die Frage, wie kriegen wir ihn *da* unbemerkt hinein."

Die Woche ging so dahin. Jochens Geburtstag kam näher. Auf Utes Fragen, was er sich wünsche und wie sein Tag, ein Sonntag, gestaltet werde solle, kam von seiner Seite nur ein Schulterzucken und der gemurmelte Satz: „Weiß man, ob ich den Tag noch erlebe?" Doch ab Donnerstag wurde seine Laune besser und er war ohne Arztbesuch den ganzen Vormittag unterwegs.

Am Frühstückstisch am Sonnabend hielt Jochen Ute einen Brief mit breitem Trauerrand hin. „Lies, das wünsch ich mir von euch." „Nein!" Vor Schreck hätte Ute beinahe ihr Brötchen in die Kaffeetasse fallen lassen. Nicht zu übersehen eine Todesanzeige mit dem dick gedruckten Namen

Jochen Hansen
geb. 3. März 1951
gestorben „in aller Stille"
In Liebe und Dankbarkeit

Ute, Lorenz und alle, denen er fehlt

„Bist du jetzt völlig übergeschnappt? Hast du diesen Unfug etwa auch in die Zeitung gesetzt?" Aufgeregt suchte Ute nach der Seite mit den Traueranzeigen. Draußen klappte die Tür und Lorenz stürmte herein.

„Bruderherz, ich bin ja viel von dir gewöhnt, aber das ist die Höhe." Beschwörend schaute Jochen von Ute auf Lorenz und zurück.

„Es ist das einzige, was ich mir wünsche: die eigene Trauerfeier erleben. Ich habe doch alles fertig in der Schublade liegen, die Rede auf CD, den genauen Ablauf und welche Musik gespielt werden soll. Bitte, nur für uns drei, bitte!"

Sonntagnachmittag. Die kleine Trauerhalle war von Jochen üppig mit weißen Rosen geschmückt, die großen Kandelaber trugen unzählige Kerzen. Der Sarg stand offen in der Mitte und Jochen lag im besten schwarzen Anzug in der hellblauen Sargdecke. Er faltete die Hände und flüsterte ergriffen: „Schließt den Sarg nicht total. Ich will doch zuhören. Legt die Rose oben darauf und dann fangt an. Zuerst das Largo von Händel."

Jochen im Sarg, leise weinend, als er seinen eigenen Worten über sich lauschte; Ute, ganz in Schwarz, presste immer wieder Lorenz großformatiges Taschentuch vor den Mund, um nicht laut heraus zu prusten; neben ihr Lorenz, der seinen Arm um sie gelegt hatte und lautlos Küsse auf ihrer Wange verteilte. Als das Schubert'sche „Ave Maria" ertönte, schlüpfte Ute aus ihren hochhackigen Schuhen und rannte, sich nur mühsam das Lachen verbeißend, hinaus. Jochen zerrte an seinem Schlips. Die vielen Kerzen machten es unerträglich warm.

Das Weinen und Schluchzen aus dem Sarg war längst verstummt. „Wahrscheinlich ist er von seiner eigenen Lobhudelei eingeschlafen", dachte Lorenz. „Mensch, Jochen, du bist ein …Wie kann es Ute nur mit dir aushalten." Er löschte behutsam alle Kerzen und verließ auf leisen Sohlen den Raum.

Kurze Zeit später fuhr der Lehrling Ole auf den Hof. Er horchte in den Trauerraum: „Time to say good by", tönte es schmachtend. Er suchte sein Smartphone und steckte sich die Stöpsel in die Ohren. Ordnungsgemäß verschraubte er den Sarg, verlud ihn mit einem anderen ins Auto und fuhr pfeifend in den Abend hinein.

„Er schläft fest in seiner hellblauen Sargdecke", flüsterte Lorenz Ute zu und schälte sie behutsam aus ihren schwarzen Sachen.

Ein wenig später erreichte Ole Itzehoe, fuhr langsam auf einen großen Hof, an dessen Eingangstür das Schild prangte: KREMATORIUM.

Anneliese Peters

Die hinkende Frau

„Ich glaube, wir kennen uns", sagte der Mann zu der Frau, die am Nebentisch ihren Kaffee trank.

„Da irren Sie sich", erwiderte sie schroff.

Was für eine plumpe Anmache war das denn, dachte Hanna. Sie saß an einem benachbarten Tisch vor dem Café am Markt. Endlich schien es Frühling zu werden. Die Bäume rings um den Dom zeigten ein zaghaftes Grün. Vor den Geschäften standen Körbe mit Narzissen und Stiefmütterchen. Selbst der Apotheker hatte einen Kasten mit Hornveilchen vor die Tür gestellt.

Der Mann am Nachbartisch ließ nicht locker. „Doch, ich kenne Sie bestimmt. Sind Sie beim Fernsehen?" „Nein, das bin ich nicht." Und damit rief die Frau nach der Kellnerin, bezahlte ihren Kaffee, stieg auf ein Fahrrad und radelte davon.

Aber ich kenne sie auch, dachte Hanna.

Meldorf, unsere Stadt, ist klein, man kennt viele Leute, nicht nur die Nachbarn und Kollegen, die anderen in der Gymnastikgruppe oder beim Chor, sondern auch Menschen aus flüchtigen Begegnungen. Man sieht sich im Dom, im Theater, beim Einkaufen, beim Spaziergang.

Oder im Wartezimmer. Dort sah Hanna die Frau nur drei Tage später zum zweiten Mal. Sie saß auf dem unbequemen Stuhl ihr gegenüber und blätterte in einer Illustrierten. Eine hochgewachsene

Frau mit großflächigem Gesicht, verhangenen Augen, sinnlichem Mund, etwa so alt wie Hanna selbst, Ende Vierzig. Sie war eine auffällige Erscheinung und Hanna kannte sie tatsächlich. Aber woher?

Sie merkte sich den Namen der Frau, als sie aufgerufen wurde. Mikelski. Ein ungewöhnlicher Name. Als die Frau der Sprechstundenhilfe folgte, fiel Hanna ihr Gang auf. Es sah aus, als sei ein Bein etwas kürzer als das andere.

Hanna fand den Namen im Telefonbuch: Irma Mikelski. Sie wohnte in einem Wohnblock im Osten der Stadt. Hannas Freundin wohnte dort auch.

„Die hat die kleine Wohnung rechts über mir. Aber sie ist sehr zurückhaltend. Außer einem *Guten Morgen* beim Müllcontainer habe ich noch kein Wort mit ihr geredet. Dabei lebt sie schon mindestens seit einem Jahr hier! Aber du hast Recht, sie kommt mir auch bekannt vor."

Wenn es Hannas kontaktfreudiger Freundin noch nicht gelungen war, mit der Fremden ins Gespräch zu kommen, dann waren die Aussichten schlecht, mehr über sie zu erfahren.

Vielleicht doch eine Schauspielerin? Jemand, der nicht mehr gefragt war? Sie war keine Schönheit, aber das waren heutzutage viele Schauspielerinnen nicht mehr.

Hanna vergaß die Frau, bis sie sie dann doch wiedersah. Im Dom hatten die Montags-Sommerkonzerte begonnen. Hanna besuchte die Konzerte immer, wenn jemand auf der Marcussen-Orgel spielte. Da kam die Fremde mit ihrem besonderen Gang plötzlich auf Hanna zu, fragte, ob neben ihr noch Platz sei, und dann saß sie direkt an Hannas Seite. Während das Allegro aus Händels viertem Orgelkonzert den Dom erfüllte, sah sie auf die Hände ihrer Banknachbarin. Kräftige Hände mit kurzen Fingern, stumpfen Fingerkuppen und gerade geschnittenen Nägeln. Keine schöne Hände.

Beim Andante durchfuhr es Hanna blitzartig: Sie wusste plötzlich, woher sie diese Frau kannte. Sie hatte ihr einprägsames Gesicht immer wieder in der Zeitung gesehen, und es hatte sich im Lauf der Jahrzehnte kaum verändert. Außerdem war vor einem Jahr wieder über sie berichtet worden.

Hanna saß neben einer Mörderin. Diese Frau hatte zwar immer wieder behauptet, es sei ein Unfall gewesen, aber das Gericht hatte ihr nicht geglaubt. Sie hatte ihre zweijährigen Zwillinge in der Badewanne ertränkt. Über das Motiv war viel gerätselt worden, ohne dass eine Antwort gefunden worden wäre.

Im letzten Jahr wurde berichtet, dass sie wieder auf freiem Fuß sei, mit neuer Identität, mit einem neuen Wohnort irgendwo in der Provinz. Die Provinz war hier.

Hanna sah auf die hässlichen Hände, sah zwei Kinderköpfe, und hielt es nicht mehr aus. Noch vor dem Adagio stand sie auf, ging durch das Seitenschiff und schloss die schwere Kirchentür so leise wie möglich.

Vielleicht hatte sie sich geirrt. Vielleicht war sie es gar nicht. Vielleicht war sie es, war aber unschuldig. Auf jeden Fall hatte sie lange im Gefängnis gesessen und ihre mögliche Schuld gesühnt, hatte gebüßt, wie man sagt. Dann stand ihr eine neue Chance zu.

Hanna behielt ihren Verdacht für sich, sprach nicht einmal mit ihrer Freundin darüber. Aber sie ertappte sich dabei, dass sie überall auf den Gang großer Frauen achtete, vor allem, wenn sie sich hinter Sonnenbrillen zu verstecken schienen. Hinkte sie? Stand sie dort und sah sich im Schaufenster die Schlussverkaufsangebote von Hartmann an? War sie es, die vorm Teespeicher die kostenlosen Serviettenpackungen durchblätterte? Bezahlte sie drei Kundinnen vor ihr bei Edeka ihren spärlichen Einkauf mit Bargeld?

Im Herbst erzählte Hannas Freundin, dass sie sich endlich getraut habe, die Frau aus der Wohnung im zweiten Stock anzusprechen und sie zu fragen, woher man sich wohl kenne. Sie habe eine brüske Antwort erhalten: Sie kenne niemanden in dieser Stadt. Außerdem sei sie dabei, ihren Umzug zu planen. Weihnachten sei sie nicht mehr hier.

Wir haben sie mit unseren Fragen vertrieben, dachte Hanna. Sie hielt die forschenden Blicke nicht mehr aus. Das spricht doch dafür, dass sie tatsächlich die Mörderin war.

Oder?

Ute M. Pfeiffer

Beziehungen

Sabine, froh bei diesem nasskalten Märzwetter unter Dach zu sein, lässt den Blick über die Auslagen bei Voß schweifen: Uhren und Schmuckstücke der unterschiedlichsten Arten. Die Geschäftseigentümerin tritt fragend an sie heran, Sabine zeigt ihr den in Silber gefassten Anhänger: „Für den hätte ich gern eine Kette." Frau Voß wiegt den Stein in der Hand: „Welch wunderschöner Labradorit! Ein faszinierendes Farbenspiel. Aber schwer! Da darf die Kette nicht reißen, sich nicht verkanten. Und sie soll angenehm zu tragen sein." Gezielt greift sie in verschiedene Laden, stellt dann ein Schmucktablett mit mehreren Ketten darauf vor Sabine auf den Verkaufstisch. Es dauert, bis die beiden Frauen eine ausgewählt haben, die ausreichend stark und dabei schlicht ist, um die besondere Schönheit des Steines zur Geltung zu bringen. Allerdings fehle noch eine zweite Verschluss-Öse, damit er nicht nur über einem Pullover, sondern ebenfalls eng am Hals wirken könne. „Mein Sohn erledigt das gleich", meint die Juwelierin und übergibt mit Sabines Einverständnis den Auftrag zum Werkstattraum.

Sabine bezahlt. Nachdenklich beobachtet sie durch die Schaufensterscheibe mehrere Passanten, die entspannt durch diesen Teil der Fußgängerzone schlendern. Einer in gelber Regenkombi, die

Mütze tief ins Gesicht gezogen – sie merkt auf: Das ist doch..! Aber der müsste … Nein. Nein!

Da bringt der junge Goldschmiedemeister die nun fertige Kette, legt sie Sabine um den Hals, prüft und bewundert: „Fantastisch! Wirklich! Eine Einheit - Sie und der Stein!“

Aus den Augenwinkeln erkennt Sabine den in der gelben Regenkombi. Hat er nicht gerade durch die Scheibe gespäht? Sie erspäht? Schnell greift sie ihren Rucksack und eilt mit „Danke!“ und „Tschüs!“ auf die Straße, wo sie ihn jedoch nicht entdeckt.

Sie schreckt zusammen, als sie mit einem fröhlichen „Moin, Sabine!“ von einem ehemaligen Arbeitskollegen gegrüßt wird. „Ach, Sven! Moin auch!“

Sabine seufzt. *Mach dich nicht verrückt!*, schilt sie sich selbst und versucht, ihren heutigen Einkaufsplan ins Gedächtnis zurückzurufen: In der Kleinen Lachmöwe das bestellte Wattenmeer-Weltkulturerbe-Shirt für ihr Patenkind. Vielleicht noch auf einen Ingwertee ins Café Rosa? Aber sie befindet sich schon am Südermarkt. Also ins Dom-Café! Auf jeden Fall muss sie heute noch zu Warns, um ein neues Schneidebrett für die Küchenspüle auszusuchen.

Das für die Region typische Bekleidungsstück wird als Geschenk eingepackt mitgegeben. In dem alten anheimelnden Café belebt die Wärme ihre Sinne. Ein paar Jugendliche überqueren den Südermarkt

Richtung Dom. Da! Etwas Gelbes! Sofort steigt erneut Unruhe in ihr auf, wie sie Sabine zum ersten Mal schon eine gute Stunde zuvor auf Höhe der Modehäuser Niebuhr und Hartmann beschlichen hat. Ein Unbehagen, als belauere jemand sie. Vielleicht versteckt hinter den breiten Pfeilern der kleinen Hartmann'schen Kolonnade.
Eine Frau mit gelbem Südwester eilt zu ihrem Auto.
Sabine befürchtet, sich da in etwas hineinzusteigern. Sonst ist sie doch nicht so nervös und ängstlich! – Was könnte er von ihr wollen? Geld? Was könnte passieren, hier, in der Öffentlichkeit? Ja, sie fühlt die alten Wunden! Nie wieder hatte sie ihn sehen wollen. Umbringen hätte sie ihn können. Hatte sie zumindest damals gedacht. So sehr verletzt war sie gewesen.
Aber die vergangenen Jahre haben den Schmerz auch gelindert, macht sie sich bewusst, atmet ruhig. Und tatsächlich genießt sie nun den Tee und erinnert, dass sie im Peter Panter Buchladen versäumt hat, Grußkarten zu kaufen. Den Eintritt für die kommende Romanvorstellung im ‚Traumausstatter' hat sie reserviert. Die beiden Bücher „Wenn ich wiederkomme" von Marco Balzano und „Rezepte für eine lebenswerte Stadt CITTASLOW DEUTSCHLAND" – Sabine besinnt sich an das von ihr verursachte Gelächter im Literaturkreis, als sie von ‚Rezepten für eine lesenswerte Stadt' gesprochen hatte – sind bei Spreet-Wolle

deponiert. Dort wird sie sie am Ende ihrer Einkaufstour samt ihres im Eine-Welt-Laden aufgestockten Gewürz- und Weinvorrats und ihres E-Bikes mit dann aufgeladenem Akku abholen, jedoch nicht ohne sich noch je ein Paar Ohrstecker und Wollsocken zu gönnen.

Beim Verlassen der Meldorfer Bücherstube wirft Sabine wie gewohnt ihren Rucksack, in dem sie die Karten verstaut hat, über eine Schulter, sie folgt der Roggenstraße. Plötzlich ein Geräusch hinter ihr und, bevor sie es schafft, sich umzudrehen, ein so heftiges Zerren am Rucksack, dass sie das Gleichgewicht verliert, sich jedoch noch am linken Arm des Angreifers festkrallen kann. Es ist der in der gelben Regenkombi! Mit einem Ruck reißt er den Arm in die Höhe, etwas Silbernes glitzert für einen Moment. Meiner!, denkt Sabine, während sie zu Boden rutscht. Der Mann rennt blindlings die Straße hinunter, Leute springen entsetzt zur Seite. Sabine rast ihm hinterher: „Haltet ihn! Haltet den Dieb!" Sie biegt vor Warns' Haushaltswarengeschäft nach rechts, sprintet den Verbindungsgang am Haus entlang, der zu einem Parkplatz führt. Außerdem zum Hintereingang dieser alten Firma mit ihrem schier unendlichen Sortiment.

Der Gelbe stößt eine Verkäuferin, die vor Warns' einen Korb mit Angeboten richtet, zur Seite und stürmt hinein. Er hastet ohne Wahrnehmung der verschiedenen Abteilungen an Porzellan, Kannen, an Messern den Mittelgang entlang, alle Sinne auf dessen Ende gerichtet, prallt versehentlich gegen ein Regal, sodass die schweren Metalltöpfchen samt Deckeln zu Boden poltern und seinen Lauf hemmen. Keines Blickes würdigt er den großen gelben Schrank mit mehr als achtzig Schubfächern, der Sabine regelmäßig animiert, Schräubchen, Beschläge, Haken oder Schlüsselschildchen zu kaufen, die sie gar nicht braucht, nur um dieses ehrwürdige Stück in Aktion zu erleben.

„Festhalten!" Die Verkäuferinnen haben die Lage erkannt, die erste hat den Rucksack vorm Eingang geschnappt, telefoniert um Hilfe, eine versetzt dem Gelben einen beherzten Schlag mit einem Teppichklopfer gegen den Hals. Eine Ältere übernimmt, bringt ihn zum Stolpern, indem sie einen Mülleimer vor seine Füße rollt und ihm kurz vor Erreichen der Hintertür einen Schneeschieber in den Weg schmeißt. In diesem Moment stößt Sabine die Tür auf, deren Falzkante ihn mit voller Wucht ins Gesicht trifft. Ein kurzes Schwanken, dann knallt er mit dem Kopf auf den harten Fliesenboden, liegt reglos, aus Mund und Ohr blutend. Sabine beugt sich auf der Stelle über ihn, seinen Puls zu fühlen, verstellt dabei den herbeieilenden Mitarbeiterinnen die Sicht. Blitzschnell zieht sie vom Handgelenk des Mannes einen silbernen Armreif, der augenblicklich in ihrer Jackentasche verschwindet.

Die ältere Verkäuferin legt ihr eine Hand auf den

Arm: „Tach, Sabine! Hab ihn gleich erkannt. Tut mir so leid, dass deine Eltern sich nicht anders entscheiden konnten."

Sabine schließt kurz die Augen. Tastet unter ihrem Schal, spürt das kompakte Oval, streicht über die glatte Oberfläche und lächelt. Dankbar. Denn nie hätte sie gedacht, einmal schneller sein zu können als ihr Bruder.

Franziska Roth

Die Legende von Watabia

Benedikt Brand nahm seine Brille ab und putzte die Gläser an seinem Wollpullover. Für einen Moment konnte er die einzelnen Regentropfen, die den ganzen Nachmittag unablässig gegen die Schaufensterscheibe neben ihm trommelten, nicht mehr ausmachen. Die Fußgängerzone verschwamm zu Spülwasser, unter dem man den Stöpsel gezogen hatte und das in einem Wirbel durch den Abfluss rauschte. Es stimmte, Buchhandlungen füllten sich bei schlechtem Wetter.
Obwohl die anwesenden Regenmäntel, die zu trocknen begannen, einen muffigen Geruch verströmten, war Benedikt Brand zufrieden. Seit er den Laden vor ein paar Tagen übernommen hatte, war das Geschäft einträglich gewesen. Seine Dienstleistung bestand darin, Buchläden zu führen, wenn deren Belegschaft urlaubte.
Dabei gehörte seine Leidenschaft der Buchhaltung und höflichen Manieren, er las lediglich eine Wochenzeitung und Branchenmagazine. Warum er sich für die Ausbildung zum Buchhändler entschieden hatte, lag am Geruch neuer Bücher und der friedlichen Kultiviertheit kleiner Buchläden. Literatur hatte ihn nie angetrieben. Seine Kunden merkten davon nichts, denn es gelang ihm, ihnen treffsichere Empfehlungen zu geben.
Er wischte das beschlagene Schaufenster trocken

und ließ den Blick zum Himmel wandern, auf eine Wolkenlücke hoffend. Nach Ladenschluss hatte er zum Aussichtspunkt Kronenloch radeln wollen. Nicht heute. Statt der Seevögel würde er sich einen Film im Kino Deutsches Haus ansehen. Ein Klopfen auf den Tresen unterbrach ihn. Er drehte sich herum und sah Herrn Peters vor sich, einen freundlichen Rentner, der das Geschäft täglich aufsuchte. Der Mann reichte ihm ein Taschenbuch. *„Das sieht spannend aus!"* „Mhm" Benedikt Brand nickte. Er sah das Buch zum ersten Mal, und auf den Frontdeckel war viel los. Den Hintergrund bildete ein Bergmassiv. Darunter galoppierte eine Gruppe Amazonen durch ein grünes Tal, von Flugsauriern umkreist, welche ihrerseits Reiter trugen. Zwischen den Gipfeln, einer Sonne gleich, prangte das lächelnde Gesicht einer Zauberin.

„Die Legende von Watabia. Band Eins: Kampf der Elemente" – Benedikt Brand las den Titel nachdenklich vor, während er das Buch drehte. Die Rückseite enthielt weder eine Beschreibung noch einen Barcode. Schließlich fand er ein Klebeetikett auf dem Buchrücken. Er verbuchte den Preis unter *Sonstiges*. Ehe er sich weiter über das Werk wundern konnte, legte schon die nächste Kundin ein Exemplar der *Legende von Watabia* auf den Tresen.

Der Film vermochte ihn nicht zu bannen – immer wieder schlug Benedikt Brand die Beine übereinander und blickte auf die Uhr. Doch wollte er den Kinobetreiber nicht düpieren. So hielt er bis zum Abspann aus, eilte dann aber in seine Gastwohnung. Als er sich auf das Sofa fallen ließ und den Laptop aufklappte, begriff er seine Hast: Er musste mehr über die *Legende von Watabia* erfahren. Ein Buch ohne Hinweise auf den Autor – der Umstand irritierte ihn, störte sein Bedürfnis nach Ordnung und Struktur.

Weit nach Mitternacht beendete er seine Recherche ergebnislos. Das Thema ließ ihn erst beim Zähneputzen los: Immerhin hatte er diese Bücher verkauft, dies war ein Erfolg für den Buchhandel und hoffentlich auch ein Genuss für die Lesenden. Er gurgelte und ging zu Bett.

Der nächste Morgen empfing ihn mit wärmenden Sonnenstrahlen, die das Altarfenster des Doms aufleuchten ließen. Fröhlich hängte er den Regenmantel wieder auf, heute sollte die Vogelbeobachtung gelingen. Sein Schwung verlangsamte sich erst, als er vor der Bücherstube zwei Menschen stehen sah. Er vergewisserte sich, dass er pünktlich war. Herr Peters winkte ihm zu, und die Frau neben ihm rief *„Hallooo!"*. Auch ihr hatte Benedikt Brand ein Buch verkauft, er erinnerte nur nicht mehr, welches. Er rückte noch einmal seinen schon tadellos sitzenden Hemdkragen zurecht. Die frühe Ankunft der Kundschaft interpretierte er als Folge seiner ebenso tadellosen Serviceorientierung. Geschmeichelt begrüßte er die beiden und schloss die Ladentür auf.

„Herr Brand, ich möchte den nächsten Band der Legende von Watabia mitnehmen. Die Beschreibung der Bergbauernhöfe hat mich direkt in die Jugendzeit versetzt. Mit meiner Ursula bin ich oft nach Tirol gefahren, zum Wandern." Herr Peters Wangen glühten, als würde just in diesem Moment auf einem Berggipfel stehen. *„Ach, Ursula."* Herr Peters Stimme klang nun belegt. Doch er setzte gleich wieder an: *„Was sabbel ich Sie hier voll, Entschuldigen Sie, ist gar nicht meine Art!"* Benedikt Brand wusste, dass jetzt sein Improvisationstalent gefragt war. Er eilte in das Hintere des Ladens, *„sehr gerne Herr Peters",* und probierte es im Regal mit fiktionaler Literatur. An das unterste Fach standen sieben Exemplare des ersten und zweiten Bandes angelehnt. Warum waren sie ihm dort zuvor nicht aufgefallen? *„Die Legende von Watabia. Band zwei: Schattenspiel.* Er las den Titel vor, mehr für sich selbst als für die beiden Kunden. *Bringen Sie gleich zwei mit!",* rief die Frau vom Tresen her. Als er ihr Exemplar in eine Papiertüte steckte, erklärte sie: *„Die freundschaftliche Beziehungen innerhalb der Amazonen sind meisterhaft geschildert. Und der Konflikt zwischen Amazonen und Flugsauriern greift aktuelle Theorien der –* " Sie hielt inne und lachte: *„Verzeihen Sie, ich bin ins Plaudern geraten. Berufskrankheit!"* Doch Benedikt Brand war interessiert: *„Welchen Beruf haben Sie?"* *„Ich unterrichte*

Deutsch und Philosophie an der Gelehrtenschule, und ich möchte Passagen aus dem Buch mit meinen Schülerinnen und Schülern besprechen." Gemeinsam mit Herrn Peters verabschiedete sie sich, doch letzterer wandte sich kurz vor der Tür noch einmal um: *„Seien Sie so gut und bestellen Sie Band drei, ja?"* „Ja!" bekräftigte Benedikt Brand. Die Gespräche hatten ihn in eine euphorische Stimmung versetzt. So realisierte er erst später, was er versprochen hatte: Die Beschaffung eines Buches, das auf geheimnisvollen Wegen in den Bestand des Buchladens geraten war. Er zermarterte sich das Hirn während der Mittagspause. War dies ein Streich, den man sich mit ihm erlaubte? Die Inhaberin der Bücherstube hätte ihn doch in dieses Mysterium eingeweiht, wäre es ihr schon aufgefallen. Die Lage spitzte sich den Nachmittag über insofern zu, als dass er alle verbliebenen Bände der *Legende* verkaufte. Und all jene, die zum zweiten Band griffen, lobten unterschiedliche Qualitäten des Werkes: Die Wendung, als sich Saurierreiter und Amazonen verbünden. Die Kritik am Eingriff in das Ökosystem der Bergwelt. Als er den Laden geschlossen hatte und in Richtung des Naturschutzgebietes radelte, traf ihn die Einsicht mit solcher Deutlichkeit, dass er bremste: Er selbst würde den dritten Teil schreiben. Im Sinne der Kundenorientierung musste die *Legende* weiterleben. Ein Manuskript von wenigen Seiten würde ausreichen. Damit ließe sich Zeit gewinnen, bis sein Engagement in Meldorf beendet wäre.

Um vier Uhr morgens hatte Benedikt Brand tatsächlich ein zehnseitiges Manuskript erstellt. *Die Legende von Watabia – Band drei: Ebbe und Flut,* so betitelte er es stolz. Er trank einen letzten Schluck Wein auf dem Balkon. Die Handlung der Geschichte hatte er an die Nordseeküste verlegt. Jeder Schriftsteller entwickelte sich schließlich weiter.

Frauke Sattler

Wie das Leben so spielt

Anna strich sich eine Locke aus ihrem Gesicht und nahm einen kräftigen Schluck Wasser aus ihrem Glas, dass an der Theke für sie bereitstand. Puh … an ihrer Kondition musste sie unbedingt arbeiten. Die Saison stand vor der Tür. Die ersten Sonnenstrahlen im Mai hatten viele Gäste in die kleine Stadt am Meer mit dem markanten Dom gelockt. Die Außenterrasse, vor dem Dom-Café, direkt auf dem Markt, war voll besetzt. Kein Stuhl war mehr frei. Unzählige Male schon hatte Anna sich vorgenommen zu zählen, wie oft am Tag sie die fünf Stufen, die zum Café führten, hoch und runter laufen musste. Aber dazu fehlte ihr einfach die Zeit.

Plötzlich durchzog ein Gefühl ihren Körper, das sie gut kannte, aber lang nicht gespürt hatte.

Oh … diese Stimme würde sie unter tausenden erkennen. Aber wie war das möglich? Vorsichtig öffnete sie die Schiebetür, die zum Café führte. Da hockte er, in der Kinderspielecke und unterhielt sich mit einem kleinen Mädchen. Das Kind hatte eine blaue Jeanslatzhose und ein weiß-blau gestreiftes T-Shirt an. Das lockige Haar war zu einem losen Pferdeschwanz gebunden. Anna schätzte das Mädchen so auf zirka fünf Jahre. „Hallo, Jesse." Anna war leise in den Raum getreten. Jesse schaute auf und sein Blick verriet absolutes Erstaunen. „Anna, du hier? Wie schön, dich zu sehen." Er hatte sich aus der Hocke erhoben und stand Anna nun gegenüber. Beide waren für einen kleinen Moment durch die unerwartete Begegnung sprachlos.

„Hallo, Fräulein, ich möchte bezahlen." Ein älterer Mann stand am Tresen und wedelte mit seinem Portemonnaie. „Ich komme sofort." Anna ging zur Kasse und zog die Rechnung heraus.

„Anna, ich sehe was hier los ist. Hast du Zeit und Lust, heute Abend mit mir gegenüber bei Daniele essen zu gehen?" „Fräulein, wie lange soll ich denn noch warten?" „Ich komme", rief Anna dem Mann zu und nun wedelte sie mit der Rechnung. Zu Jesse sagte sie im Vorbeigehen: „20 Uhr, ist das okay?"

Jesse nickte und schon war Anna in der Menge der Gäste verschwunden.

Anna hatte das Gefühl, dass die Zeit am Nachmittag überhaupt nicht Enden wollte.

Pünktlich um 18 Uhr machte sie Feierabend und überließ ihren Kolleginnen den Schlussdienst.

Während sie in ihrem Cabriolet nach Hause fuhr, war sie immer noch aufgewühlt von dem Wiedersehen mit Jesse. Wie lange hatten sie sich nicht mehr gesehen? Es mussten mehr als zehn Jahre sein. Zu Hause sprang sie mit ihrem Lieblingsduft unter die Dusche. Jesse liebte diesen Duft, daran erinnerte sich Anna genau. Dann kam der schwierige Teil: Hose oder Kleid? Anna wählte eine weiße Jeans und ein grünes, leicht gemustertes T-Shirt, das ihre Augenfarbe unterstrich. Boah, war Anna aufgeregt.

Pünktlich um 20 Uhr betrat Anna die Pizzeria. Sie sah Jesse sofort und hielt inne, noch hatte er sie nicht gesehen. Was versprach sie sich eigentlich von diesem Abend? Doch dann war es zu spät, um heimlich umzukehren, er hatte sie entdeckt und kam auf sie zu.

„Schön, dass du gekommen bist, für einen kleinen Augenblick hatte ich Zweifel daran. Du hast allen Grund, auf mich böse zu sein." Jesse nahm Anna in den Arm und küsste sie leicht auf die Wange. Sie sagte nichts dazu, dachte aber bei sich, Recht hast du.

Daniele hatte für sie einen kleinen Tisch am Fenster reserviert. „Ich denke, draußen wird es nun zu schnell kühl und ich möchte mich lange mit dir unterhalten." Jesse sah Anna tief und ernst in die Augen. Wieder fingen tausende von Schmetterlingen in Annas Bauch an zu tanzen. Es kribbelte überall, so wie vor vielen Jahren. Nie wieder hatte sie dieses Gefühl bei einem anderen Mann erlebt. Es war so unbeschreiblich schön. Anna konnte sich nicht erklären, was Jesse an sich hatte, das sie in ein so großes Gefühlschaos brachte.

Schweigend setzten sie sich an den kleinen Tisch. Daniele gab ihnen die Speisekarten.

„Ich brauche eigentlich keine Karte, ich weiß schon, was ich nehme." „Eine Pizza Hawaii stimmt's?", unterbrach ihn Anna. Er lachte. „Und du? Wie damals eine mit Thunfisch?" „Na klar, manches ändert sich nie", stimmte sie in sein Lachen ein. Wieder entstand Schweigen. Jesse sah sich im Lokal um und Anna spielte mit ihrer Serviette. Dann plötzlich brach es aus Anna heraus.

„Und? Bist du glücklich geworden mit deiner Tessa?" Sie sagte es genauso gehässig, wie sie es wollte. Jesse sah sie traurig an. „Nein, Tessa lebt schon lange nicht mehr. Sie ist kurz nach Jules Geburt noch im Wochenbett gestorben. Drei Jahre vorher haben wir unsere Tochter Rike verloren. Sie kam mit einem schweren Herzfehler auf die Welt und es stand von Anfang an fest, dass sie nicht viele Jahr leben wird." Jesse sah nicht in Annas Gesicht, er drehte sein Bierglas zwischen den Händen und sah ernst hinein.

Anna nahm seine Hand. „Oh, Jesse – das tut mir sehr leid. Ich hatte keine Ahnung von der Krankheit deiner Tochter und auch nicht von Tessas Tod. Nach unserer Trennung wagte keiner unserer alten Freunde, auch nur deinen Namen in meiner Gegenwart zu nennen, geschweige von dir zu erzählen."

„Ich habe dir sehr wehgetan. Es gibt dafür keine Entschuldigung. Nur vielleicht eine Erklärung."

„Dass du nach deiner Ausbildung, einige Zeit in Frankfurt berufliche Erfahrungen sammeln wolltest, hatten wir ja besprochen. Aber was dann geschah …" Anna sprach nicht weiter.

„Anna, es ist einfach geschehen. Es war nach einer Betriebsfeier, ich will es nicht entschuldigen. Wir waren gut gelaunt und Tessa war eine sehr hübsche junge Frau. Alle Männer waren um sie bemüht. Aber sie wollte mich. Es war nur eine Nacht, am nächsten Tag war ich sehr niedergeschlagen und habe Tessa gleich gesagt, dass ich dich habe und liebe und dass es nicht mehr als diese Nacht geben kann. Sie war sehr traurig, machte mir aber keine Vorwürfe, sie akzeptierte es sofort. Alles war gut, bis sie mir mitteilte, dass die Nacht nicht ohne Folgen geblieben war. Eine Abtreibung kam für sie nicht in Frage und ein uneheliches Kind nicht für die Familie … der liebe ‚gute Ruf‘ … So kam eins zum anderen.“

„Jesse, warum hast du nicht mit mir gesprochen? Eine Trennung über WhatsApp. ‚Es ist vorbei‘, ohne viele Worte, das war so verletzend. Du hast mir den Boden unter den Füßen weggerissen. Ich fiel in ein sehr tiefes Loch.“

„Ich konnte nicht mit dir sprechen. Immer wieder habe ich deine Nummer aufgerufen und es doch nicht gewagt, mit dir zu reden. Ich war einfach zu feige. Am Ende habe ich es alles laufen lassen. Tessa und ihre Familie übernahmen alle Planungen. Nach Rikes Geburt drehte sich alles nur noch um ihre Krankheit und die Gedanken an dich verblassten. Aber vergessen habe ich dich nie und Tessa hat es geahnt. Aber unsere Ehe war gut, wir haben uns geachtet und respektiert. Tessa hat mich wirklich sehr geliebt und ich habe gerne für beide gesorgt."

Anna hörte Jesse still zu, ohne ihn zu unterbrechen.

„Nach Tessas Tod haben mich meine Schwiegereltern sehr unterstützt. Vor zwei Jahren starb plötzlich mein Schwiegervater. Ich fing an zu überlegen, ob Frankfurt Jule und mir noch guttat. Carla, Jules Oma, sprach immer häufiger vom Norden. Zwei Freundinnen waren nach St. Peter Ording und Büsum gezogen. Kurz gesagt, ich habe mich gestern hier in Hemmingstedt in einem Betrieb beworben. Wenn alles klappt, ziehen wir in zwei Monaten nach Meldorf oder in die Umgebung. Wir suchen schon ein Haus für uns. Wie sieht es in deinem Leben aus?"

„Kein Mann, keine Kinder, sollte nie etwas Ernstes werden. Ich habe viele Jahre im Australien und Indien gelebt. Als ich nach Deutschland kam, wollte ich nur vorübergehend eine Saison bei meiner Freundin Jana arbeiten. Aber wie du siehst, bin ich hier hängen geblieben. Ich habe viel Spaß an der Arbeit. Jana und ich verstehen uns sehr gut, sie ist mehr als eine Chefin."

Es war spät geworden. Jesse und Anna waren die letzten Gäste. Demonstrativ schaute Daniele auf seine Armbanduhr. „Ich glaube, wir müssen gehen", meinte Jesse bedauernd.

„Wollen wir noch ein Glas Wein bei mir trinken? Ich wohne nicht weit von hier. Vor zwei Jahren habe ich mir einen kleinen Resthof hinterm Deich gekauft." „Das hört sich spannend an. Gerne komme ich mit auf ein Glas Wein." Es wurde mehr als ein Glas Wein getrunken.

Jesse blieb die ganze Nacht bei Anna. Es folgten viele wunderschöne Nächte, Jahr um Jahr – und noch viel mehr.

Gesa Schröder

Die Bücher-Saat

Der junge Mann fiel mir wegen seiner ledernen Umhängetasche auf. Sie hing über seiner rechten Schulter, dreieckig wie die alten Hirtentaschen, und er presste sie mit der Hand gegen den Körper, als wäre sie ihm eine Stütze. Dann öffnete er die gläserne Eingangstür und ging zielstrebig in die hinterste Ecke der Meldorfer Bücherstube. Dort zog er ein paar Bücher aus dem Regal, sah sich Vorder- und Rückseite an und stellte sie an ihren Platz zurück. Ich beobachtete all das von der Lese-ecke aus, wo ich mit meinem vierjährigen Enkel Kinderbücher durchblätterte.

Dann steckte er blitzschnell die rechte Hand in seine Hirtentasche. Hatte er sich ein Buch einge-steckt? Ich wollte schon aufstehen und die Sache aus der Nähe beobachten, als er seine Hand wieder herauszog, mit einem Buch, das er in das Regal schob. Beruhigt setzte ich mich wieder. Er hatte es sich offensichtlich anders überlegt.

Er hatte mich bemerkt und linste aus den Augen-winkeln zu mir herüber. Schließlich ging er zur Kasse, kaufte dort einen schwarzen Fineliner und verließ den Laden. Durch das Fenster sah ich noch, wie er die Roggenstraße langsam hinunter-schlenderte.

Mein Enkel wollte ein Eis, also bezahlte ich sein Lieblingsbuch ‚Der Bücherwurm'. Da konnte man

in ein Loch im dicken Karton-Umschlag einen
Finger reinstecken, der dann hinten ummantelt
von einem raupenfarbigen Beutel aus seidenarti-
gem Stoff wieder heraus kam. Das gefiel ihm.
Mein Enkel bestieg sein Dreirad und radelte mit
zunehmender Geschwindigkeit die leicht abfallen-
de Straße hinunter. Ich musste laufen, um ihn ein-
zuholen. So erreichten wir den jungen Mann mit
der Hirtentasche gerade, als er das Lokal ‚Bornholdt' betrat.
Ich kaufte in der Eisdiele bei Mauro zwei Eis in
der Waffel. Gegenüber, direkt neben dem ‚Bornholdt' war der Peter Panter Buchladen und mein
Enkel entdeckte durch das Schaufenster sofort die
kleine Kinderecke mit dem großen Panther auf einem großen Kissen. Er wollte sofort hinein und
ich konnte ihm gerade noch sein halbfertig ge-
lecktes Eis abnehmen. Nun stand ich draußen mit
zwei Eistüten in der Hand.
Der Buchhändler Jan sagte: „Du kannst mit dem
Eis in den Hinterhof gehen, ich achte auf den
Kleinen." So setzte ich mich in den Innenhof vor
das kleine P-Antiquariat. Durch die offene Hintertür linste ich hin und wieder zu meinem Enkel.
Als ich das doppelte Eis endlich verzehrt hatte,
sah ich den jungen Mann mit der Hirtentasche
vom benachbarten Innenhof des Lokals herüber
kommen. Er schlenderte durch die Hintertür in
den Buchladen. Dort ging er direkt zu dem großen
Holzregal, ohne meinen Enkel zu bemerken, der

stolz auf dem Panther-Kissen ritt.

Wie in dem anderen Geschäft nahm der Mann einige Bücher aus dem Regal und stellte sie wieder hinein. Manchmal landete seine Hand in der Hirtentasche, mit sehr schnellen, fast hektischen und schuldbewussten Bewegungen. Er stöberte in der Tasche, legte sie auch mal kurz ab, mal mit einem Buch in der Hand, mal ohne, es ging alles so schnell, dass ich es nicht genau verfolgen konnte. Außerdem behinderte ein Kartenständer die Sicht. Deshalb ging ich hinein und setzte mich an den kleinen runden, blau gekachelten Tisch, wo der Buchhändler mir einen Cappuccino anbot. Das war perfekt. So war ich scheinbar mit dem Kaffee beschäftigt und hatte den jungen Mann, den ich nun wirklich für einen Bücherdieb hielt, gut im Blick. Nun hantierte er vor dem Regal ‚Preisgekrönte Bücher‘ herum. Plötzlich rief mein Enkel: „Oma, hier gibt es auch den Bücherwurm!“ und hielt triumphierend ein Buch in die Höhe, wo sein Zeigefinger schon im Wurmbeutel steckte. Der junge Mann zuckte leicht erschrocken zusammen und schob schnell einige Bücher ins Regal. Im gleichen Moment öffnete sich die Tür und der Ortspolizist trat ein.

„Was machen Sie da?“, fragte er den Hirtentaschen-Mann.

„Ich sehe mir Bücher an“, antwortete der leise.

„Ich stehe schon seit einer Weile vor dem Schaufenster und beobachte Sie. Mir scheint, Sie stecken

Bücher in Ihre Tasche."

Der zweite Buchhändler, Alexander, trat hinzu, zog ein noch halb heraus stehendes Buch, das der Fremde eben noch in der Hand hatte, aus dem Regal, und zeigte grinsend auf den Spruch, der an der Wand hing: ‚Regalhaltung ist Buchquälerei. Holt uns hier raus!'

„Vielleicht haben Sie da etwas missverstanden?"

„Glauben Sie etwa, ich wollte was stehlen?", erwiderte der Mann.

„Was haben Sie denn da in Ihrer Tasche?", fragte der Polizist, der ein bestelltes Buch abholen wollte, sich aber nun sofort im Dienst fühlte. „Darf ich mal sehen?", setzte er nach und griff nach dem Lederbeutel.

Der junge Mann erbleichte, ließ es aber geschehen.

In der Tasche befanden sich fünf druckfrische Bücher, alle vom gleichen Autor, aber mit unterschiedlichen Titeln.

Der Polizist fragte: „Die Bücher wollten Sie doch sicher gleich bezahlen, oder? Wieso haben Sie die Bücher denn schon in ihre Tasche gesteckt?"

Die Gesichtsfarbe des jungen Manns wechselte von bleich zu rötlich.

Der Polizist hatte Berufserfahrung und sah ihn forschend an.

Die Buchhändler sahen zwischen den beiden hin und her.

Ein Bücherdieb in ihrem Laden? Das hatten sie sicher noch nie erlebt.

Mein Enkel hatte sich wieder in die schönen Wunderwerke vertieft, die seiner Meinung nach nun allesamt seine waren, so schön waren sie! Der mutmaßliche Bücherdieb hatte sich zu ihm gesetzt und ließ sich die schönsten Bücher zeigen. Nach und nach nahm sein Gesicht wieder eine normale Färbung an.

Im Regal der ‚Preisgekrönten‘ und auch in anderen Regalen wurden weitere Bücher des gleichen Autors gefunden. „Wir haben den gar nicht in unserem Bestand“, sagte Alexander erstaunt, nachdem er ihn im Computer gesucht hatte. „Ich kenne den Autor auch nicht. Wie kann das sein?“

Jan nahm eines der Bücher und blätterte es durch. Irgendwo zwischen zwei Seiten entdeckte er einen 10-Euro-Schein und einen kleinen Zettel, auf dem stand: ‚Kaufen und lesen Sie dieses Buch. Sie werden es nicht bereuen. Für Ihre Auslagen erhalten Sie 10 Euro.‘

Nachdem die Buchhändler aus allen Regalen, vor denen der ominöse Kunde sich aufgehalten hatte, die Bücher mit dem unbekannten Autorennamen herausgezogen hatten, jedes bestückt mit einem 10-Euro-Schein und dem kleinen Werbezettel, stellten sie sich vor dem jungen Mann und meinem Enkel in der Kinderbuch-Abteilung auf.

„Können Sie uns das erklären? Haben Sie die Bücher hier reingestellt?“

„Ja“, antwortete der einsilbig.

Der Polizist bestand auf Präzision: „Also Sie haben keine Bücher gestohlen, sondern im Gegenteil Bücher in die Regale hineingestellt?"

„Ja", antwortete der vermeintliche Bücherdieb.

Mein Enkel sagte: „Der Mann hier ist auch ein Bücherwurm". Er hatte den Mann nämlich bedrängt, seinen Finger ebenfalls in das Kinderbuch hinein zu stecken. So saßen die beiden da auf den Panther-Kissen, beide einen Finger im Buch. Mein Enkel strahlte.

Ich lachte und fragte: „Warum?"

„Warum?", stöhnte der Mann. „Damit meine Bücher endlich mal gekauft und gelesen werden können. Die Buchhandlungen wollen sie ja sonst nicht nehmen. Jeder Leser bekommt 10 Euro geschenkt. Und die Buchhandlungen verdienen sogar daran, das ist doch fair, oder?"

„Haben Sie das noch in anderen Buchhandlungen gemacht?"

Der Bücher-Mann grinste und sagte stolz: „Ja, insgesamt in 18 bisher."

Der Polizist starrte ihn an. „180 Euro haben Sie schon investiert?"

„Mehr", sagte der Büchermann, „in vielen Buchhandlungen lasse ich ja mehrere Bücher, im Schnitt so ca. 3 pro Buchhandlung."

„Und wenn die Leute Ihre 10 Euro nehmen und Ihr Buch trotzdem nicht lesen?", fragte ich.

„Dann sind sie selber schuld", sagte der Bücher-Mann. „Nicht jede Saat geht auf."

Die beiden Buchhändler lachten, mein Enkel lachte auch. Er lacht immer, wenn irgend jemand lacht. Dann lachte auch der Bücher-Hirte. Eigentlich war er eher ein Sämann. Er säte seine Bücher aus, auf dass die Früchte trugen.
Der Polizist war noch unschlüssig. Er fragte sich wohl, wem nun das Geld in den sichergestellten Beweisstücken gehörte.

Heiko Thomsen

Reden ist Silber
Abrechnung mit einer Unbekannten, oder:
A Long Day's Journey Into Night

Als kleiner Junge – er hatte gerade lesen gelernt und buchstabierte noch recht ungelenk – scheiterte er mitunter daran, sich einen Reim auf die Rätsel dieser Welt zu machen. Leselust konnte dann schnell in Lesefrust umschlagen, wenn es nicht gelang, dem Gelesenen Sinn abzuringen. Am meisten quälten ihn Sätze wie ICH BIN ZWEI ÖL-TANKS (*Warum zwei?*) oder WIR MÜSSEN LEI-DER DRAUSSEN BLEIBEN (*Seit wann können Hunde denn lesen?*). Sätze, die jemand ersonnen haben musste, um ihn in den Wahnsinn zu treiben. Sätze, die er sich immer wieder vorsprechen musste, in der Hoffnung, ihrem Rätsel irgendwann auf die Spur zu kommen.

Nun saß er hier am Marktplatz, ein Halbjahrhundert später, in dieser idyllischen Kleinstadt, die aber auch schon bessere Zeiten erlebt haben dürfte. Saß an einem der Außentische vor dem einzigen Hotel im Ort und vergoldete sich den Abend mit einem Blick auf das Bierglas, das er gegen die tiefstehende Sonne erhoben hatte. Er prostete der Niebuhr-Statue zu, die keine dreißig Schritte entfernt von ihm im Schatten der alten Linden vor dem Dom stand. *Prost, Carsten! Nich lang snacken, Kopp in'n Nacken! Wirst doch sicher Durst haben, alter Junge, nach deiner langen Reise?*

Als die Kellnerin kurz darauf das zweite Bier brachte – er hatte es in kluger Voraussicht gleich nachbestellt, als sie das erste gebracht hatte – war die Enttäuschung, die ihn den Tag über begleitet hatte, einer trägen Gleichgültigkeit gewichen. Er fragte sich allerdings, warum er überhaupt hergekommen war in dieses Kaff, in dieses erbärmliche Rattennest. Das Hotelzimmer hätte er bestimmt stornieren können. Da er aber schon mal hier war, wollte er sich auch nicht wie ein räudiger Hund behandeln lassen. *Was denken die sich denn, wer sie sind?!* Sogleich bestellte er sich noch ein drittes Bier: *Und, Fräulein, bringen Sie mir auch noch zwei Köm … Woll'n doch mal sehen, Carsten, wie die Geschichte weitergeht.*

Den letzten Satz hatte die Kellnerin schon nicht mehr gehört. Sie wunderte sich aber, mit wem er zuvor gesprochen hatte. Bis eben war er nämlich noch der einzige Gast in dem verglasten Außenbereich des Hotelrestaurants gewesen. Bis das junge Paar gekommen war, das sich an den Nebentisch gesetzt hatte. Die Frau schien ja ziemlich von sich eingenommen zu sein. Ihr blässlicher Begleiter himmelte sie stumm an, während sie wort- und gestenreich mehrere Zettel aus ihrer Schickimicki-Tasche zog und mit einem Bleistift energisch darauf herumstrich.

Ab und zu las sie auch etwas vor, schien aber nicht sonderlich an der Meinung anderer interessiert zu sein. Die Kellnerin kümmerte sich nicht weiter um die beiden, unser Trinker am Nebentisch erfasste die Situation aber messerscharf und hätte den Fehde-Handschuh nur allzu gern aufgehoben, den die aufgetakelte Skribentin ihm unwissentlich vor die Füße geworfen hatte. Zu dumm bloß, dass er heute Abend draußen bleiben musste beim großen Dichterwettstreit im „Bornholdt" und sich nicht mit ihr messen konnte. Er überlegte, ob er sie vielleicht gleich hier an Ort und Stelle ansprechen und zum Leseduell herausfordern sollte? Danach würde er sich sicher besser fühlen. Sekundanten waren ja auf beiden Seiten vorhanden. Er schenkte ihr nur einen kurzen Blick und ein vielsagendes Lächeln. Noch einmal erhob er sein Glas in Richtung Niebuhr und nickte ihrem blassen Begleiter mitleidig zu. Soviel stand fest: Er wollte ihr das Feld auf keinen Fall kampflos überlassen.

Verschwunden waren auf einmal seine Ruhe und angetrunkene Gelassenheit, als er sich auszumalen begann, wie der Abend wohl weitergehen würde, wenn er *nichts* unternehmen, wenn er sich *nicht* zum Sprachrohr der entrechteten Literaten aufschwingen würde. Er sah sich bereits in seinem Hotelzimmer sitzen, mit einer Flasche Rotwein auf dem Nachttischschrank, und sie, diese eingebildete KUNSTGRIFF-Lesebühnen-Tussi, würde von allen umjubelt werden. Von wegen Kunstgriff! Ein Griff ins Klo wäre die Fahrt nach Meldorf dann für ihn gewesen!

Einer nach dem anderen würden sie nachher alle aufgefordert werden, ans Lesepult zu treten und ihre Texte vorzutragen. Nur er nicht. Texte, an denen sie womöglich monatelang gearbeitet hatten (so wie er), nur auf diesen einen Abend hin, gehobelt und gefeilt hatten, nur für diesen einen Augenblick des Ruhms, um am Ende des Abends dann unter tosendem Applaus den Publikumspreis aus den Händen der Veranstalter entgegennehmen zu können. *Frollein, noch zwei Köm bidde.* Radebrechend wie ein ABC-Schütze würde jemand anders heute Abend seinen Text zum Vortrag bringen, den Text, den er den Veranstaltern schon im Voraus geschickt hatte, und seine Siegaussichten wären von vornherein sowas von dahin, denn niemand, das wusste er, niemand konnte seinen Text so gut vortragen wie er selbst, mit all seiner aufgestauten Wut im Bauch, mit all den einkalkulierten Pausen und Pointen an den passenden Stellen, den lauten und leisen Passagen, die mal schneller und mal langsamer gelesen werden wollten … all das würde er heute Abend nur von draußen miterleben können.

Kein Wunder also, dass ihm da die Sicherung durchbrannte, und doch, DA BEISST DIE MAUS KEINEN FADEN AB, der Test, den er am Morgen gemacht hatte, war eindeutig gewesen, auch wenn er bis jetzt keine Symptome zeigte. Er hätte einfach seinen Mund halten sollen, dann wäre alles gut gewesen. REDEN IST SILBER. Niemand hätte etwas mitbekommen. Und niemand hätte ihn davon abgehalten, das „Bornholdt" zu betreten und seinen Text vorzutragen.

Dass er nun hier draußen saß, allein vor dem Hotel unter den Linden, und sich mit Bier und Korn betrank, hatte er bloß seiner verfluchten Ehrlichkeit zu verdanken. Zur Hölle damit! Hätte er den Veranstaltern doch bloß nichts von seinem Testergebnis erzählt! Manchmal ist es eben doch besser zu schweigen. Das war ihm zum Glück gerade noch rechtzeitig klar geworden, bevor er sich den beiden auf ihrem Weg zum „Bornholdt" angeschlossen hätte.

Stattdessen blieb er hier draußen sitzen, auf seinem Logenplatz vor dem Hotel, blinzelte zufrieden in die letzten Sonnenstrahlen und bestellte sich noch ein Bier. *Un Freuleim, die Rechnunk, bidde!*

Ulla Udluft

Das Projekt

Jetzt also Projektthema „Mein Körper, meine Gesundheit". Man könnte auch ein Projekt zum Thema „Motivation – wieso habe ich keine?" machen. Oder das ganze einer Parkuhr erzählen – ach so, die gibt es kaum noch. Wieder merke ich, dass ich vom alten Schlag bin. Wieder merke ich, dass ich frustriert bin von den Gedanken an meine Schüler. Wieder merke ich, dass ich meiner Berufung (großes Wort!) nicht nachkommen kann. Ich bin Lehrerin an der Gesamtschule Meldorf. Als ich anfing, habe ich mich über die tollen, modernen Angebote dieser Schule gefreut. Als ich anfing, war ich neunundzwanzig und begeistert für Unterricht in naturwissenschaftlichen Fächern. Als ich anfing, dachte ich, dass man mit modernen Unterrichtsmethoden irgendwie schon alle abholen kann. Kurz – als ich anfing, war ich voller Idealismus. Es erfüllt mich – wirklich –, wenn ich die Schüler mitreißen kann, ihnen Zusammenhänge vermitteln. Dass nicht alle „mitkommen", habe ich zu akzeptieren gelernt. Was mich frustriert, sind diejenigen, die unheimlich viel Potential haben, das aber nicht wissen. Die nicht sehen, wie leicht sie mehr aus sich machen könnten – und damit auch einen guten Abschluss. Mia ist so eine. Kommt ohne Lernen mit einem Dreier-Zeugnis aus und hat an nichts Interesse. Wenn ich nur ihre

Körperhaltung sehe ... sie strahlt mit jeder – schlecht trainierten – Faser Perspektivlosigkeit aus.

Mit all diesen Gedanken im Gepäck gehe ich zu KiK. Ups? Das ist eigentlich nicht der Laden – auch noch eine Kette –, den ich durch meinen Einkauf unterstützen möchte. Also lasse ich mein soziales und Umweltbewusstsein vor der Tür. Ich brauche Papier und Filzstifte. Für Projektarbeit finde ich es gut, beim Material aus dem Vollen schöpfen zu können. Und hier ist es günstig. Kurzer Blick zur Kasse: „Moihoin!", ruft mir der Verkäufer entgegen. Tja, liebe Schüler, das ist genau die Zukunft, auf die ihr euch einstellen könnt, wenn ihr weiter so wenig Engagement zeigt. Im kunstbeleuchteten Laden stehen, freundlich grüßen müssen und versuchen, die Achtung vor sich selbst mit Tätowierungen und einer – zwar liebevoll, aber doch für mich lächerlich aussehenden – Undercutfrisur an den Körper zu dröseln.

„Dfsssszz", entfährt mir ein Stöhnen, als ich mich vor dem Regal mit dem bunten Papier auf die Knie sinken lasse. Unbemerkt nutzte ich diese kleine Rundrückenposition, um meinen strapazierten Nacken zu dehnen. Mein Frust lastet mir so schwer auf den Schultern.

„Kann ich ihnen helfen, oder finden Sie alles, was Sie brauchen?", fragt mich der Dröselfrisurverkäufer. „Oh nein, danke", schaue ich ihn an, nicht ohne dass mein verspannter Nacken Schmerzsignale aussendet. Oder ist es der Anblick dieses jungen Mannes, der mich autschen lässt. Wieder die Frust- Schleife … „Ich komme klar".

„Wenn Sie was brauchen, ich gebe kostenlose Auskünfte", sagt er. Ich muss darüber lächeln und nehme wahllos ein paar Blöcke unterschiedlicher Größe, und auf dem Weg zur Kasse zwei Pakete dicke Filzstifte.

„Haben Sie alles gefunden?" „Ja." „Haben Sie unsere KiK-Kundenkarte?" „Nein". Gleich kommt die Frage, ob ich Deutschlandpunkte sammle, ob ich am Bonusgewinnspiel teilnehme und ob ich zu meinem Hamburger auch noch eine kleine Cola dazu haben möchte. „Neeein …" will ich rausschreien, als ich doch beginne zuzuhören. „Haben Sie gesehen, dass wir ganz ähnliche Stifte im Großpack haben? Bei Ihrer Menge gehe ich davon aus, dass das nicht nur für Sie und ihre Kinder ist. Sind Sie Lehrerin?" Verwirrt blicke ich von meinem Portemonnaie auf. „Äh ja, wir haben ein Projekt und da brauche ich immer viel Material, weil man dann freier arbeiten kann."

„Oh, super", dreht der engagierte Verkäufer noch weiter auf, „das haben wir auch öfters gemacht. Nicht immer frontal lernen, nach Interesse selbst was erstellen, das ist toll. Soll ich Ihnen die anderen Stifte zeigen? Ich hol die eben." Und schon ist er weg.

„Worum geht es denn in ihrem Projekt?", fragt er, als er kurz darauf wieder kommt. Ich erzähle von

„Körper und Gesundheit", von meinem Plan, die Schüler zu aktiven Pausen anzuregen. Ich erzähle von Kids, die jetzt bereits Probleme mit Rücken und Knien haben. Dass ich manchmal traurig bin, dass die Pausensnacks unbedacht und ungesund einfach in den Schlund gedrückt werden. Mein Verkäufer lacht und deutet auf die Chipstüten neben der Kasse: „Hm, meinen Sie diese Snacks?" Ich beginne, diesem Kerl mein Herz auszuschütten wie sonst nur meinem Friseur. Frage mich mit einem spöttelnden Hintergedanken noch, ob ihm sein Friseur auch das Herz ausgeschüttet hat und der deswegen so wenige Haare von seinem Undercut übrig hat. „ Ja, es ist immer leichter, bei anderen zu sehen, wie sie ihren Körper schlecht behandeln. Ihr Rücken scheint Sie ja auch etwas zu plagen. Entschuldigung, als Sie sich eben vor das Regal gekniet haben, konnte man weder das Knacken noch das Seufzen überhören. Und ihr Nacken – also entspannt ist wohl anders …"
Ich fasse an meinen Hals, dehne leicht und sage lächelnd: „Ja, stimmt, da muss ich mal zum Orthopäden, oder …" „Oder Sie versuchen eine Faszienrolle. Sehen Sie mal …" Schwuppps, schon ist er wieder weg – und wieder da: „Da haben wir diese kleinen Doppelbälle, die gehen für diesen Bereich richtig gut. Nehme ich immer nach dem Training. Oh, ich mache Bodybuilding und hab nebenbei einen Job als Trainer", sagt er und hebt mit leichtem Stolz seinen Bizeps in mein Blickfeld.

Mit drei Blöcken, dem Sparpack Filzstifte und dem Doppelball verlasse ich lächelnd den Laden. Hat der Kerl mir doch meine ganze schlechte Laune verdorben.

Zu Hause denke ich noch lange nach. Nur Verkäufer zu sein, das kann doch nicht das Lebensziel bedeuten. Ist das nicht langweilig? Er war ja aber nicht nur der Verkäufer. Er hat geschaut, was ich brauchte, und hat sich sogar um meine frustrierte Seele gekümmert. Ein Mensch, der mich mit seinen gepumpten Muskeln und seiner albernen Frisur trotzdem geknackt hat. Und das in sooo einem Laden. Gedanklich für mich ein Job, den man macht, wenn man nichts anderes (nicht mal: Besseres) kriegen kann. Er macht den Job so, dass dieser vielleicht ein Beruf – oder eine Berufung – sein kann. Ich beschließe, meine Vorurteile neu zu sortieren und verordne mir selbst mehr Hoffnung für meine Schüler.

Das Projekt wird – man staunt – auch gut angenommen. Wir schauen Sendungen über Ernährung, regionales Superfood (Kohl!) und entwickeln eine Sieben-Minuten Schulgymnastik. „Ich bin so verspannt", sagt ausgerechnet Mia. Huch? Ich dachte, sie könne ihren Körper gar nicht fühlen …
Ich: „Da habe ich was für dich." Natürlich kennt sie die Faszienbälle, meint aber, dass ihr die zu teuer seien. Als ich sie zu KiK schicke, ertappe ich mich bei der Hoffnung, dass mein Verkäufer sie berät …

Wochen später gehe ich bei MacFit – noch so ein Laden, gegen den ich Vorurteile hege – vorbei. Und? Wen sehe ich? Mia. Sitzt am Butterfly. Und wer steht neben ihr? Mein Undercut-Verkäufer. Zeigt ihr die richtige Haltung – hat er bei mir ja auch geschafft.

Mia und Sport? Hat das Projekt sie auf den Weg geschickt oder der Typ? Das wird man nie wissen. Und wenn er nicht gestorben ist, verkauft er auch noch heute. Ich unterrichte bis heute – wieder motiviert. Das Gesundheitsprojekt startet nächstes Jahr wieder. Genug Stifte habe ich ja.

Ellen Balsewitsch-Oldach

Drachenfutter

„Was für ein entzückender Mantel!", rief Martha begeistert. Wie an jedem Mittwochnachmittag traf sie sich mit ihrer Freundin am Rathausplatz zu einem Bummel durch Meldorf.

„Das sagst du doch nur, um mir einen Gefallen zu tun!" Therese war offenbar ziemlich unwirscher Stimmung.

„Nein, nein", beeilte sich Martha zu sagen, „das finde ich wirklich! So ein feiner Stoff und ein ganz großartiger Schnitt – er macht dich richtig zierlich und schlank!"

Aber Therese pröttelte nur missgelaunt vor sich hin.

„Komm, ich lade dich ins Domcafé ein." Martha wusste, dass es kaum etwas gab, das Therese lieber tat, als im Domcafé mindestens zwei dicke Stücke Torte zu verspeisen und mehrere Tassen Kaffee dazu hinunterzustürzen. Ganz zu schweigen von dem doppelten Weinbrand hinterher. An dem originellen Ambiente dort, das Martha so liebte – mit Kronleuchtern aus Kaffeetassen und wechselnden Kunstwerken an den Wänden –, hatte ihre Freundin eher kein Interesse.

„Du hast wohl ein schlechtes Gewissen, was?", fuhr Therese sie an.

„Aber nein!", rief Martha erschrocken und forschte in ihrem Gedächtnis nach einer Gelegenheit, bei der sie sich aus Thereses Sicht etwas hatte zu Schulden kommen lassen. „Warum das denn?"

„Na ja …" Therese zog streng die Augenbrauen zusammen. „Neulich beim Abendessen hast du einfach allen Käse aufgegessen – ohne auch nur *einmal* darüber nachzudenken, ob ich nicht auch gern eine Scheibe gehabt hätte!"

„Aber du isst doch abends *nie* Käse!", rief Martha, empört über so viel Böswilligkeit.

„Das spielt doch wohl keine Rolle", fauchte Therese, „es geht ums Prinzip, um Rücksichtnahme und so weiter."

Martha schüttelte nur den Kopf. Wenn ihre Freundin so missgestimmt war, sagte sie selbst besser erst einmal gar nichts mehr. Therese konnte wirklich ein rechter Drache sein, dachte sie bekümmert.

Inzwischen waren sie beim Domcafé angelangt, hatten sich einen Platz am Fenster gesichert und die Bestellung aufgegeben. Eben kam die Bedienung und stellte Kaffee und Kuchen auf den Tisch. Thereses finstere Miene heiterte sich nun tatsächlich etwas auf. „Na, dann mal danke für die Einladung", säuselte sie huldvoll, zum Zeichen, dass Martha damit halbwegs vergeben war. Sie schmatzte leise im Vorgeschmack auf „Gewittertorte" und „Lübecker Nuss". Beschämt erkannte Martha, dass sie ihre Einladung inzwischen selbst als Wiedergutmachung betrachtete – obwohl sie sich keiner Schuld bewusst war. Wenn sie sich doch bloß nicht von Therese immer so unterbügeln ließe!

In diesem Augenblick öffnete sich Thereses neuer Mantel, den sie zwar aufgeknöpft, aber nicht ausgezogen hatte. Zum Vorschein kam das schimmernde Innenfutter. Martha machte erst große Augen, als sie das Muster erkannte. Doch dann – obwohl das mit Sicherheit wieder tiefe Missbilligung seitens Thereses hervorrufen würde – brach sie in schallendes Gelächter aus.

Der seidige Stoff zeigte in regelmäßigen Abständen unzählige kleine, bunte chinesische Drachen.

„Drachenfutter – ja, das passt!", prustete Martha und wischte sich die Lachtränen aus den Augen.

Über die Autorinnen und Autoren

Ellen Balsewitsch-Oldach

Jahrgang 1955, geboren und aufgewachsen in Hamburg, lebt und arbeitet als freie Autorin und Journalistin sowie als Verlegerin in Meldorf an der Westküste Schleswig-Holsteins. Ihre Kurzgeschichten sind in Anthologien verschiedener Verlage, in Literaturzeitschriften sowie in einem Band mit eigenen Kurzkrimis erschienen. Sie ist Mitbegründerin und Moderatorin des norddeutschen Literatur- und Kulturnetzwerkes Textfabrique51 und Mitglied in weiteren Schriftstellervereinigungen.

www.textfabrique51.de

Dirk-Uwe Becker

geboren 1954 im rheinischen Mönchengladbach, lebt als Autor, bildender Künstler und Sammler in Dithmarschen an der Westküste Schleswig-Holsteins. Er schreibt Lyrik und Prosa, hat sechs Lyrikbände, zahlreiche Beiträge in Literaturzeitschriften und in Anthologien im In- und Ausland veröffentlicht. Er ist Mitbegründer des norddeutschen Literatur- und Kulturnetzwerkes Textfabrique51 und Mitglied in weiteren Schriftstellervereinigungen.

www.textfabrique51.de

Karsten Beeck

widmet sich schon seit vielen Jahren der Fotografie. Sein Schwerpunkt liegt hier auf „Mensch" ...
Im Rahmen des Kulturfestivals KUNSTGRIFF im Kreis Dithmarschen erstellt er schon traditionell Kalender unter dem Motto „Brüste der Küste". Dieser griffige Ausdruck ist vor einigen Jahren in gemütlicher Runde

entstanden und die Kalender sind erfolgreich einge-
führt.
Das Motto „Liebes-, Mord- und Shoppinglust" hat ihn
zu einem Ausflug ins Schreiben inspiriert.

Jochen Bufe

Nach dem Umzug in seine Wahlheimat Dithmarschen
vor mehr als zwei Jahrzehnten hat sich Jochen Bufe
der journalistischen Arbeit und der Schriftstellerei ver-
schrieben. Außer den Tagebüchern „Zweimal Dithmarschen – nur hin!" entstanden ironische Kurzgeschichten, Gedichte und Fabeln unter dem beziehungs-
reichen Titel „Voll daneben – oder mittendrin?!" Aus
diesen Sammlungen hat Jochen Bufe bereits zahlreiche
Lesungen gehalten. Heute lebt er in Herbolzheim
(Breisgau).

Sigrid Defort-Möhlmeier

Jahrgang 1956, Lehrerin (Philologin) im Ruhestand,
verheiratet, eine Tochter, seit 32 Jahren wohnhaft in
Meldorf. Neben gelegentlichem Schreiben malt sie,
musiziert – vorwiegend mit dem Saxophon – und singt
in einer Band. Haupthobby: ihre beiden Hunde, die sie
in Bewegung halten.

Lydia Eschermann

Am 30. Oktober 1951 in Gundelsheim am Neckar geboren, lebt seit 1973 in Hamburg. Nach dem Studium
der Germanistik und Anglistik bis 2019 Lehrerin an
Gesamt- und Stadtteilschulen. Seit 2016 Mitglied in einer Schreibgruppe, die erzählende Texte verfasst und
an Lesungen teilnimmt. Arbeitet in einer Biografie-
werkstatt mit und hat einige biografische Texte in Anthologien veröffentlicht, zuletzt in dem 2020 erschie-

nenen Buch „Lebenszeit vor dem Vergessen bewahren“.

Thorsten Franck

Normalerweise spielt Musik im Leben von Thorsten Franck aus Brunsbüttel eine große Rolle. Er ist Mitglied mehrerer Bands, tritt unter anderem gemeinsam mit seiner Frau als Duo „Liekedeeler“ mit norddeutschen und auch plattdeutschen Liedern auf und gibt Musikunterricht. Da diese musikalischen Tätigkeiten aufgrund der Coronapandemie schlagartig zum Erliegen kamen, hatte er plötzlich ungewohnt viel Freizeit und begann zu schreiben. Gleich mit seiner allerersten Geschichte überhaupt hat er es 2021 auf Platz 2 und in die Anthologie „Allens anners“ des von NDR, Radio Bremen und dem Ohnsorg-Theater veranstalteten niederdeutschen Kurzgeschichtenwettbewerbs „Vertell doch mal!“geschafft. Seitdem folgten weitere Kurzgeschichten auf Hoch- und Plattdeutsch sowie mehrere Buchveröffentlichungen im Rahmen verschiedener Anthologien.

Karin Funke

geboren in Dortmund, aufgewachsen in Essen und Berlin, wollte eigentlich Lehrerin werden, nutzte nach dem Studium fürs Höhere Lehramt jedoch ihren Magister-Abschluss in Anglistik und Germanistik, um ihr Hobby zum Beruf zu machen: für das Radio zu arbeiten, zunächst als Freie Mitarbeiterin im SFB und beim RIAS Berlin, später nach der Wende ab 1992 als festangestellte Redakteurin beim Mitteldeutschen Rundfunk in Dresden. Seit April 2018 wohnt sie in ihrer Wahlheimat Büsum an der Nordsee. Ihr erster Kurzgeschichten-Band erschien zur Leipziger Buchmesse 2008, zwei weitere folgten – über das Reisen (2019) und Tiergeschichten (2021). Nebenbei ist sie journalistisch für den SHZ-Verlag tätig.

Sonja Harder

Jahrgang 1965, lebt seit 2018 mit ihrem Mann in Meldorf. In ihrer jetzigen Heimat hat sie ihre Freude am Schreiben, Vorlesen und Malen (wieder) entdeckt und liebt es, sich kreativ auszudrücken. Für sie war es klar, ihrer Lieblingsbuchhandlung die „Hauptrolle" in der Geschichte zu geben, den Rest erledigten ihre Fantasie und ihre Begeisterung am Umgang mit Worten.

Kurt E. Heinichen

geboren 1933 in Berlin, wo er bis zum Rentenalter gelebt hat. Dann ist er in ein kleines Dorf in Dithmarschen gezogen. In seiner neuen Heimat war er mit Weihnachtsgeschichten in der Landeszeitung oft erfolgreich. Größere Erfolge hatte er mit mehreren Kurzgeschichten bei einem Hamburger Zeitschriftenverlag. Er will auch in Zukunft Kurzgeschichten schreiben.

Imme Helmers

geboren am 20. März 1960 in Lübeck, aufgewachsen in Bad Schwartau, erlernte die Berufe Arzthelferin und Bürokauffrau. Der Liebe wegen zog sie 1991 nach Brunsbüttel. Sie ist verheiratet, hat zwei Söhne und mittlerweile wurde die Familie durch zwei Schwiegertöchter und ihrem Sonnenschein, ihrer Enkelin, bereichert. Seit fünfzehn Jahren arbeitet sie als Gesundheitsförderin für Klasse 2000 in Grundschulen. Das Kurzgeschichtenschreiben begann in ihrer Jugend und setzt sich bis heute fort. Zusätzlich schrieb sie zwei

Kinderbücher, in denen sie Kindern fantasievoll Empathie näher brachte. Ihre Kreativität erweiterte sie durch das schauspielerische Mitwirken in dem Video Walk „Paulsen Villa" vor vier Jahren und vor zwei Jahren mit dem Bühnenstück „Rabenmütter", in denen sie an der Textbildung mit Gedichten und Geschichten beteiligt war.

Gerd Jessen

1952 in Angeln geboren und in plattdeutschsprachiger Umgebung aufgewachsen. Nach dem Studium Tätigkeit im öffentlichen Dienst. Seit 1972 wohnhaft in Heide.

Karlola Koch

Karola Koch, geb. 1965 in Hannover, studierte an der Universität Hildesheim Kulturpädagogik und machte nach ihrem Diplom ein Volontariat als Redakteurin an Zeitschriften. In der Zeit hat Karola Koch viel geschrieben, was sie vermisste, nachdem ihr die Redaktionsleitung für ein hannöversches Magazin übertragen worden war. Mit ihrem Umzug an die Westküste Schleswig-Holsteins orientierte sie sich auch beruflich neu und wurde Lehrerin für Deutsch und Darstellendes Spiel/Theater. Auch wenn sie nicht mehr beruflich schrieb, war das Schreiben schon immer ihre große Leidenschaft. Schon während der eigenen Schulzeit hatte sie eine begeisterte Leserschaft ihrer Geschichten. Und auch später gingen ihr die Ideen für Krimis aber auch Kinderbücher nicht aus. Nur schaffte sie es aus vielfältigen Gründen leider nicht, einen Roman bis zum Ende zu bringen. Seit 2021 besucht Karola Koch die Schreibwerkstätten der Krimi-Autorin Sandra Dünschede. In erster Linie ging es ihr darum, zu schreiben und Feedback zu bekommen. Bis ihre Protagonisten Elke und Klaus in ihr Leben traten. Mittlerweile vergeht kein Tag mehr ohne die zwei und deren Mitstreiter.

Elko Laubeck

1955 in Essen-Kettwig geboren, schrieb schon während seines Studiums der Germanistik und Philosophie für das lokale Feuilleton der Westdeutschen Zeitung. Seine weitere journalistische Laufbahn führte ihn in unterschiedlichen Ressorts zur Dithmarscher Landeszeitung (Wochenendbeilage, Politik, Vermischtes, Lokales). Aktuell arbeitet er als Romanautor, „Polizeidienst en français – Die Schleusenwärterin von Agde" heißt sein erster Krimi. Außerdem Veröffentlichungen von Kurzgeschichten in Anthologien.

Irmela Mukurarinda

Jahrgang 1949, wurde in Zwickau geboren, verbrachte ihre Kindheit in Sachsen und Brandenburg. Sie studierte Theologie an der Humboldt-Universität in Berlin (Ost) und ging 1976 in den Westteil der Stadt. Arbeitsaufenthalte in West-Berlin, Österreich und Brandenburg. Seit 1994 lebt sie mit ihrer Familie in Nordfriesland.

Anneliese Peters

geboren 1936 in Hamburg, seit 1970 in Meldorf. Schreibt schon immer gerne, u.a. über „Meldorfer Charakterköpfe", aber auch über die Geschichte der Meldorfer Theatergruppe und 20 Jahre lang Kulturberichte für die Dithmarscher Landeszeitung. War von 1986-1998 Meldorfer Bürgervorsteherin.

Ute Marianne Pfeiffer

Seit 1998 Veröffentlichung von Lyrik und Kurzprosa besonders zu gesellschaftskritischen Themen in Zeitschriften und Anthologien; 2020 Einzelveröffentlichung „Jetzt steig ich auf vom Grund"; 2023 „Glück gehabt"; Mitglied im VS in ver.di.

www.ge-dichte.de

Franziska Roth

Im Westerwald geboren und aufgewachsen. Mittlerweile lebt sie in Hamburg, ist in der internationalen Entwicklungszusammenarbeit tätig und Mitglied einer kleinen, aber umtriebigen Schreibgruppe, die immer mal wieder Lesungen veranstaltet. Sie schätzt am Schreiben, dass es zu Ehrlichkeit mit sich selbst anregt und an die erstaunlichsten Orte führt.

Frauke Sattler

wurde 1955 in Meldorf geboren und ist dort aufgewachsen. Sie hat zwei erwachsene Söhne, ist Kunsthandwerkerin mit Schwerpunkt Textil und hat über 25 Jahre lang das Domcafé in Meldorf betrieben. Krimis als Buch oder Hörspiel sind ihre Leidenschaft, ebenso das Schreiben. Ihre Geschichten sind in mehreren Anthologien erschienen.

Gesa Schröder

geboren 1952 in Heide/Holstein, hat in Kiel und Frankfurt Germanistik, Geographie, Latein und Italienisch studiert. Zwischen 1988 und 1999 lebte sie als Literaturübersetzerin und Dolmetscherin mit ihren drei Töchtern in Venedig. Danach war sie in Meldorf und in Pinneberg im Schuldienst tätig und lebt seit 2016 als Autorin abwechselnd in Büsum und in Venedig. Ihre Romane sind im Kulturmaschinenverlag erschienen:

„Flussaufwärts durch die Zeit" (Neuauflage 2024), „Auf der Passhöhe" (2022) und der Büsum-Krimi „Die Posaune im Watt" (2024), sowie ein Beitrag in der Anthologie „Von der Freiheit des Wortes" des Schriftstellerverbandes Hamburg (2024). Anfang 2025 erscheint der 2. Band ihrer Krimi-Trilogie, in dem sich die Ermittlerin des Büsum-Krimis auf der Biennale in Venedig aufhält.

Heiko Thomsen

geboren 1967 in Glückstadt; aufgewachsen in Kremperheide (Kreis Steinburg); Abitur in Itzehoe; Lehramtsstudium mit den Fächern Deutsch und Englisch; seit 1996 im Schuldienst. Lebt und arbeitet in Hamburg. Herausgeber zweier Aufsatzbände über Arno Schmidt, zusammen mit Ulrich Klappstein: *Tellingstedt & der Weg dorthin* (2016); *Potz Louis Harms & Candaze* (2021). Übersetzung der Erzählung *Min Jungsparadies* von Klaus Groth unter dem Titel *Mein Jungsparadies. Eine Kindheit in Tellingstedt* (2021) im elbaol verlag hamburg. Mitglied in mehreren literarischen Gesellschaften. Beisitzer im Vorstand der Quickborn-Vereinigung und Klaus-Groth-Gesellschaft. Seit 2017 Redakteur des *Quickborn*, der vierteljährlich erscheinenden Zeitschrift der gleichnamigen Vereinigung für niederdeutsche Sprache und Literatur. Publikation von literarischen Texten und Aufsätzen in Zeitschriften, Jahrbüchern und Anthologien auf Hoch und Platt. Autor und Herausgeber des Literaturperiodikums *MolenKieker*, von dem bisher sechs Ausgaben erschienen sind. 2024 erhielt Heiko Thomsen für seine Verdienste für die niederdeutsche Sprache den Fritz-Reuter-Preis der Carl-Toepfer-Stiftung in Hamburg.

Ulla Udluft

Ulla Udluft ist engagiertes Mitglied der Meldorfer Theatergruppe. Das Motto der Anthologie hat sie zum Mitwirken animiert.